AF392055

LE DRAKON

II. L'armée de Sohort

© Romain Sanchez, 2020

ROMAIN SANCHEZ

LE DRAKON

II. L'armée de Sohort

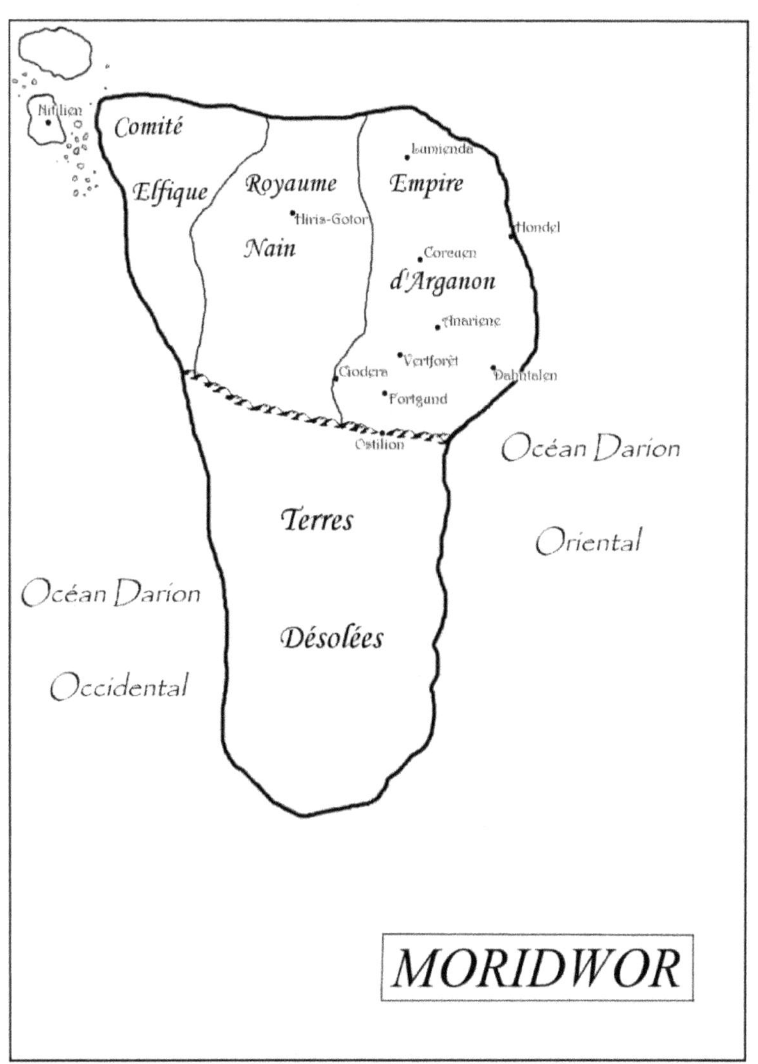

Nililien
Comité
Elfique
Royaume
Nain
Hiris-Gotor
Empire
d'Arganon
Lumienda
Coreaen
Hondel
Anariene
Godera
Vertforêt
Dahntalen
Fortgand
Ostilion
Océan Darion
Oriental
Terres
Désolées
Océan Darion
Occidental
MORIDWOR

À mon père

Tous les mots en italique suivis d'une note sont en Arganien.
(N.d.A.)

CHAPITRE I

LE MAGICIEN

Ekléanos se réveilla. Il était enfermé dans un cachot. Sa vision était encore troublée du fait des coups qu'il avait reçus. Il avait mal partout et n'arrivait pas à tenir sur ses jambes. Il essaya de ramper mais il ressentit aussitôt de vives douleurs au torse. Alors il décida de ne pas bouger et d'observer attentivement les environs. Il se trouvait dans un cachot, très étroit, dans l'obscurité totale et ne percevait aucun bruit excepté celui de sa respiration. Il crut distinguer dans le fond d'une cellule, située en face de la sienne, une forme. Mais il n'eut pas le temps de se poser davantage de questions. Un Orque entra soudainement dans la pièce, épée dégainée et tenant dans son autre main les clés des cellules. Il ouvrit celle d'Ekléanos et le traina à l'extérieur. Le Drakon n'eut même pas la force de se débattre. L'Orque l'emmena donc hors des geôles, en le faisant passer par un étroit couloir, illuminé par des torches. Puis il s'arrêta devant des escaliers et comprit qu'il ne pourrait pas faire monter son prisonnier tout seul. Alors il hurla, et quelques secondes plus tard, un autre Orque fit son apparition. Le nouvel arrivant comprit de quoi il retournait et aida son supérieur à porter Ekléanos jusqu'en haut des escaliers. Ils le déposèrent devant une immense porte, surement le sommet de la tour dans laquelle ils se trouvaient. Le gardien des clés frappa à la porte puis entra. Il ferma la porte derrière lui, laissant l'Orque subordonné et Ekléanos dans l'entrée. Quelques minutes plus tard, le chef sortit de la pièce en demandant à l'autre Orque de l'aider à nouveau. Ils soulevèrent donc Ekléanos un par les pieds, l'autre par la tête et l'amenèrent à l'intérieur de la pièce. Puis ils déposèrent Ekléanos, en l'allongeant au milieu de la salle et lorsque leur tâche fut accomplie, s'en allèrent retourner à leurs occupations. Ekléanos eut donc le temps d'observer cette nouvelle pièce dans laquelle il se trouvait. Sur les murs, des petites fenêtres laissaient entrevoir les rayons du soleil. Ekléanos continua d'observer la pièce quand son regard se posa soudainement sur un homme, assis sur un trône, qui semblait s'amuser à le regarder. À la seconde où le Drakon l'aperçut il se redressa tant bien que mal, de manière à être assis en face de lui. L'inconnu se leva alors, comme s'il avait attendu qu'Ekléanos s'aperçoive de sa présence. L'homme était vieux, sa barbe grise descendait jusqu'à sa taille. Il portait une robe d'érudit, d'une couleur nuancée entre le noir et le bleu, et une amulette rouge qui semblait briller de temps à autre. Il afficha un sourire amusé. Et Ekléanos aurait souri lui aussi s'il n'avait pas eu aussi mal, car il savait avec certitude qui se trouvait en face de lui. Il avait réussi, même s'il avait été fait prisonnier, il avait trouvé Sohort le Magicien, qu'il avait cherché pendant tant de semaines. Et, alors qu'Ekléanos se trouvait assis en face de lui à le regarder, il se rendit soudainement compte de quelque chose : il avait peur. Il avait peur car de tous les personnages qui existaient en Arganon et même en Moridwor, les Magiciens étaient les plus rusés, les plus puissants et les plus dangereux. Ils étaient bien plus forts encore que les Drakons. L'homme qui était debout en face de lui, en train de sourire, était le chef des Magiciens, et par conséquent le plus puissant des Magiciens. C'était ce même homme qui, une centaine d'années auparavant avait effrayé Agnar, à tel point que ce dernier avait absolument tenu à faire construire une muraille pour se protéger de lui. Et maintenant Ekléanos se trouvait seul, démuni, face à cet homme dont le nom seul suffisait à faire trembler Donirion. Cet homme était le fléau des Empereurs, personne ne le savait pour l'instant mais par ses actions il avait réussi à mettre en péril l'équilibre de paix qui régnait sur le continent depuis des siècles et à présent cet homme se trouvait face au chef des Drakons, affichant un sourire satisfait…

*
**

Le Magicien finit par interpeller Ekléanos « Cela faisait longtemps que je n'avais pas vu d'homme. Je suis surpris, peut-être plus que tu ne l'es toi, qui que tu sois. Mais surtout je me demande qui es-tu et quelle folie t'as pris de te rendre dans les Terres Désolées ? Les Arganiens savent que ces terres sont dangereuses et pourtant tu t'es risqué au péril de ta vie, à te rendre si loin, certainement à l'endroit le plus éloigné de notre civilisation. Mais je ne t'ai pas laissé te présenter, je t'écoute, explique-moi donc la raison de ta présence ici. » Ekléanos peinait à trouver ses mots, il ne savait pas quoi répondre. Il ne savait pas s'il devait mentir ou s'il devait dire la vérité. De toute manière, ce Magicien pouvait bien le savoir. Quels pouvoirs possédait-il ? Pouvait-il lire dans ses pensées ? Ekléanos n'en avait aucune idée, seulement peu de personnes étaient capables de comprendre le fonctionnement de la magie, et malheureusement pour lui, il n'en faisait pas partie. Le Drakon commença à réfléchir et, tout en réfléchissant, il se rendit compte que son interlocuteur pouvait interpréter son silence comme étant un refus de coopérer. Il décida donc de répondre instinctivement, par les premiers mots qui lui vinrent à l'esprit. « Je me nomme Ekléanos et je suis le chef de l'Ordre des Drakons. » Sohort sembla réfléchir, comme pour se souvenir du mot qui venait d'être prononcé. *Drakons.* Cela sembla lui rappeler son passé, lorsqu'il était citoyen de l'Empire. Il avait déjà entendu ce nom dans des récits, narrant le combat épique entre des Dragons et de redoutables combattants envoyés par le premier Roi connu. Alors Sohort se rappela ce qu'était *un Drakon.* « Un Drakon dis- tu ? Cela fait bien longtemps que je n'ai pas entendu ce nom. Un chasseur de Dragons. Le chef des Drakons… Je n'ai jamais eu la chance de pouvoir en rencontrer, dans mon ancienne vie. Mais je sais qui ils sont et je sais également que le peuple vous porte en haute estime, et il a bien raison. Personnellement, et je ne dis pas cela pour vous flatter mais je vous ai toujours considéré avec le plus grand des respects, pour la tâche difficile qui vous incombe. À mes yeux vous êtes de véritables héros. Et en plus de cela, vous n'êtes pas à la solde de l'Empereur, ce qui est une bonne chose en soi. Dans le cas contraire, mon estime de vous aurait nettement diminué je le crains. Mais revenons-en à nos moutons. J'ignore encore ce que le Chef des Drakons fait au beau milieu des Terres Désolées. » Ekléanos ne savait pas si Sohort était responsable de l'attaque d'Ostilion. Mais s'il avait envoyé un Dragon, ce qui devait être très improbable puisque les Dragons étaient réputés pour n'obéir à personne, il devait forcément s'attendre à ce qu'un Drakon débarque dans les Terres Désolées. Mais ce n'avait pas l'air d'être le cas. Sohort paraissait être sincère, même s'il semblait au Drakon qu'il était dangereux de faire confiance à un Magicien, il décida de le croire. Il n'avait donc aucun intérêt à cacher la raison de sa présence ici, puisque cette dernière n'avait rien à voir avec son interlocuteur. « Un Dragon a attaqué Ostilion. Alors tout naturellement, l'Empereur a fait appel à nos services afin que nous le débarrassions de cette menace. J'ai traqué ce dernier, jusqu'ici et… » Sohort ne sembla pas satisfait de sa réponse. Visiblement, il ne comprenait toujours pas la situation. « Et les autres Drakons, où sont-ils ? Patrouillent-ils aux quatre coins des Terres Désolées, à la recherche du Dragon ? » Ekléanos ne jugea pas dangereux de révéler la position de ces confrères tant qu'il ne précisait pas leur nombre. Il se permit donc de répondre à la question qui lui était posée. « Non ils ne sont pas dans les Terres Désolées. Je leur ai donné l'ordre de rester à la forteresse d'Ostilion, au cas où je ne reviendrais pas. » Sohort haussa les sourcils à l'entente du mot *forteresse*. Visiblement, ce dernier ignorait encore qu'une muraille avait été érigée par son ennemi Agnar afin d'empêcher son retour en Arganon. « Une forteresse ? Alors vous avez construit une forteresse dans la vallée d'Ostilion ? Je sais déjà dans quel but. Celui qui a entrepris cette action l'a surement fait dans le but de se protéger de ma personne. Ce pourrait-il qu'il s'agisse de ce fourbe d'Agnar ? » Le Drakon venait de se trahir. Il avait commis une erreur en évoquant la forteresse d'Ostilion. Il se promit de faire davantage attention aux informations qu'il donnerait au Magicien. « A vrai dire, je ne le qualifierai pas ainsi mais en effet vous avez vu juste, c'est bel et bien Agnar qui a fait construire cette forteresse. Maintenant le passage vers les Terres Désolées est complétement obstrué par une grande muraille. Il vous sera donc impossible de revenir en Arganon si tels étaient vos projets. » Le sourire de Sohort apparut à nouveau. « Sache qu'il faudra plus qu'une muraille pour m'empêcher de parvenir à mes fins. Il faudra plus qu'une muraille pour m'empêcher de me venger et de mettre votre terre à feu et à sang. Tout Moridwor sera bientôt couvert de cendre et totalement sous mon contrôle. » Ekléanos fut surpris par la révélation de Sohort, il ne s'attendait pas à ce que le Magicien avoue ses projets. Cependant il avait vu juste, Sohort cherchait bien à se venger en s'en prenant au continent tout entier. « Si vous détruisez cette terre, il ne restera rien, même pour vous.

- C'est là où tu te trompes Drakon. Il restera toujours quelque chose. Mais cela n'est pas à ta portée, ni même à celle de l'Empereur.

Ekléanos ne comprenait pas à quoi Sohort faisait allusion et il ne voulait pas le savoir. Il n'avait que faire des secrets de ce Magicien. La seule chose qui lui importait, c'était de savoir s'il allait rester en vie. Il décida de changer de sujet et d'accumuler un maximum d'informations sur l'état actuel de l'armée de Sohort.

- Je dois vous avouer que j'ai été très surpris lorsque je suis tombé sur cette immense citadelle au beau milieu des Terres Désolées. Les Orques l'ont construite pour vous je suppose, mais elle ne ressemble en rien aux édifices que j'ai pu apercevoir, il y a quelques jours de cela.

Sohort pris un air flatté.

- À vrai dire, c'est moi qui leur ai enseigné l'art de la construction humaine. Il a fallu du temps, des années, avant que cette citadelle ne devienne ce qu'elle est aujourd'hui. Mais il me manquait un élément essentiel à la construction d'une forteresse. Tu l'as deviné je pense, tu dois en avoir vu dehors, à l'ouest de la citadelle.

Ekléanos tenta de se remémorer l'observation qu'il avait faite lorsqu'il se trouvait sur la colline à l'extérieur de la forteresse. La réponse lui parvint immédiatement.

- Du bois, il vous manquait du bois.

Sohort put donc reprendre son explication là où il s'était arrêté.

- Tout juste. Cela m'a pris du temps pour trouver un sort capable de faire pousser des arbres. On pourrait penser que c'est très simple mais en y réfléchissant, faire pousser un arbre, c'est créer la vie à partir de rien.

Soudain Ekléanos se souvint de la discussion entre Maldrin et Gadram, les deux Mages-Vampires des Plaines Grises.

- En parlant de vie comment se fait-il que la vôtre soit si longue ? Vous devez avoir au moins deux cents ans.

Sohort, qui semblait s'attendre à cette question et à la manière dont il allait y répondre, se rassit et prit un air réfléchi.

- Quand j'ai été chassé il y a de cela cent soixante-seize ans, je me suis soumis à la décision de l'Empereur. Nous sommes partis, moi, et tous mes disciples qui me vouaient une très grande admiration. À l'époque, je ne me souciais guère du sort que le destin me réservait. Nous sommes arrivés dans les Terres Désolées et nous avons observé les forteresses que les Orques avaient bâties. J'ai alors pensé que la meilleure chose à faire était de nous rendre vers le sud, à l'extrémité des Terres Désolées. Et nous avons établi notre camp de fortune. Pendant des années nous avons vécu en paix, sans avoir à se soucier des Orques et des Gobelins. Mais un jour, nous avons aperçu une créature immense volant dans le ciel et se dirigeant dans notre direction. Nous avons subi l'attaque d'un Dragon, et nombre de mes amis sont morts ce jour-là. La bête a fini par fuir et je me suis rendu compte à cet instant, que nous avions beau être de puissants Magiciens, nous demeurions tout de même en grand danger. J'ai bien réfléchi et il m'a vite paru évident qu'une forteresse pourrait nous permettre de nous défendre et de mieux nous protéger face à ce genre d'incident. Cependant, nous n'avions ni les matériaux, ni les compétences nécessaires afin de finaliser ce projet. Les Orques étaient la main d'œuvre dont nous avions besoin, il ne me restait plus qu'à trouver un moyen de les contraindre à travailler pour moi. Je n'avais pas encore trouvé à l'époque une justification suffisante qui les obligerait à me servir. Mais le temps me manquait, j'étais vieux et je ne voulais pas mourir, pas de cette façon, sans avoir donné un sens à ma vie. Alors j'ai étudié pendant des années, pour trouver un sort qui me permettrait d'allonger ma vie. Et j'ai fini par le trouver. Il suffisait de capturer l'essence vitale d'un être vivant et de l'enfermer dans un talisman. Cela conférait au porteur du dit collier la puissance vitale de l'âme capturée. Le seul problème, c'est qu'il fallait que l'âme soit compatible. C'est à dire que l'être vivant devait être de la même race que le porteur du talisman. Or les seuls humains que j'avais sous la main étaient des Magiciens…

Ekléanos intervint.

- Mais vous l'avez quand même fait, vous avez trahi vos amis pour pouvoir survire.
- Il le fallait. Il fallait qu'ils se sacrifient pour me permettre d'allonger ma vie. Mais je suis

allé plus loin. Lorsque j'ai effectué cette incantation pour la première fois, un évènement indépendant de ma volonté s'est produit. Le cobaye s'est transformé en un pantin servile, qui obéissait au moindre de mes faits et gestes. Sans que je ne puisse en comprendre la raison, son corps a également évolué pour se transformer en une sorte de squelette. J'ai ainsi commencé sans le vouloir à me créer une armée. Une armée de plus de cinq cents soldats à mon service.

Ekléanos murmura.

- Des Kodrug…
- Qu'as-tu dit ?
- J'ai dit qu'il s'agit de Kodrug. C'est comme cela que nous appelons ces créatures.

Sohort sembla surpris.

- Comment pourriez-vous être au courant de leur existence ?

Ekléanos n'avait pas la réponse.

- Je ne sais pas. Ces connaissances nous viennent probablement d'explorateurs qui ont réussi à survivre dans les Terres Désolées, quoi qu'en disent les rumeurs. Mais pour ma part l'existence de ces créatures m'a été confirmée par deux Mages- Vampires.

Sohort réfléchit.

- Des Mages-Vampires… Tu m'expliqueras cela plus tard, laisse-moi donc terminer. Où en étais-je ? Ah oui ! Les squelettes ! Le sortilège magique m'a permis de rester en vie toutes ces années. Et maintenant que je disposais d'une existence éternelle, je me suis mis en tête de me venger d'Agnar. Je ne saurais expliquer pourquoi, peut-être était-ce l'œuvre du temps, mais je haïssais plus que jamais Agnar pour le sort qu'il m'avait réservé à moi et à tous les Magiciens. Je savais très bien qu'il ne me serait pas aisé de mettre en place un plan pour obtenir ma revanche. J'avais beau avoir sous mes ordres cinq cents soldats immortels, cela ne serait pas suffisant pour écraser une armée aussi grande que la Rmark-Empra. J'avais besoin d'une véritable armée, composée de dizaines de milliers de soldats, je me suis donc tourné vers les Orques. Il me fallait également acquérir une main d'œuvre importante, qui serait en mesure d'exploiter les richesses se trouvant sous mes pieds, j'ai donc fait appel aux Gobelins. Je leur ai fait envoyer des missives, les invitant à me rejoindre au sud. Aux premiers, j'ai promis de nouvelles terres, des plaines boisées et un monde moins hostile. Aux seconds, j'ai affirmé que la conquête d'un nouveau territoire leur apporterait richesses et prospérité. En leur offrant absolument tout ce dont ils avaient besoin, je me suis assuré de leur soutien absolu. J'avais alors sous mon commandement plus de cent mille Orques et soixante-dix mille Gobelins. Les Orques se sont alors attelés à la construction de ma citadelle. Une fois cette dernière achevée, les Gobelins se sont mis au travail et ont commencé à forger des armes et des armures pour mes soldats. Et pendant toute cette période, je n'ai plus aperçu aucune trace des Dragons.

Ekléanos était stupéfait. Il avait acquis tant d'informations en si peu de temps. Depuis son exil, Sohort se préparait sous leurs yeux, sans qu'aucun Arganien n'ait soupçonné le moindre désir de vengeance. Mais tout cela avait beau être très intéressant, cela n'expliquait pas la raison de sa présence ici.

- Donc si je comprends bien, ce n'est pas vous qui avez envoyé le Dragon attaquer Ostilion, cela est d'autant plus évident que vous ignoriez tout simplement l'existence d'une forteresse dans la vallée.

Sohort répondit tout de suite après.

- Non je n'ai pas envoyé de Dragon. Il aurait été stupide de ma part de vous dévoiler mon existence. La créature n'a pas agi sous mes ordres en effet, néanmoins il est plus que probable qu'elle vous ait attaqué *à cause* de moi.
- Que voulez-vous dire ?
- Pendant toutes ces années j'ai repoussé à moi seul les attaques des Dragons. Lorsque nous avons entamé la construction de la citadelle,

je n'ai plus subi aucune attaque de leur part. Les Dragons ont surement dû croire que les hommes avaient quitté les terres connues afin de s'installer dans les Terres Désolées, et que par conséquent vous laissiez ces dernières inoccupées. En fait, les Dragons ont surement plus peur de vous que ce que vous imaginez. Seuls les hommes ont réussi à les vaincre, j'imagine donc qu'ils ont dû être très effrayés de rencontrer un humain dans un territoire qu'ils pensaient, déserté de notre présence. Cela explique peut-être leur soudain retour. Néanmoins ce que je ne suis pas en mesure d'expliquer c'est pourquoi ils ont attendu si longtemps avant de revenir.

Le sourire de Sohort disparut tout à coup. De toute évidence il s'apprêtait à annoncer une nouvelle grave à son prisonnier.

- Bien. Maintenant que tu en sais un peu plus sur mon histoire, il est temps d'aborder un sujet plus délicat. Je dois t'avouer que, si je n'avais pas de l'autorité ici, en ce moment même ton cadavre se balancerait au bout d'une corde. Tu as tué trois Orques, et je n'ai même pas besoin de t'expliquer dans quel état était le chef de la garde, lorsqu'il a appris que ses soldats avaient failli perdre un combat à un contre six. Il t'aurait tué à l'heure qu'il est si je ne lui avais pas expliqué qu'il était bien plus cruel de te laisser en vie, enfermé dans les cachots, à te laisser mourir de faim. Car c'est le sort que je te réserve. Je te l'ai dit, je n'ai aucune rancœur à l'égard des Drakons, seulement comme tu t'en doutes, je ne vais pas te laisser partir pour que tu puisses aller prévenir tes amis de l'attaque qui se prépare. Cela n'a rien de personnel. Une fois cette conversation finie, je demanderai aux deux Orques que tu as vu tout à l'heure de te conduire dans les cachots. Mais avant que ce moment tragique arrive, revenons-en à ce que tu disais tout à l'heure.

Ekléanos avait du mal à ne pas trembler, rien qu'à l'idée de finir sa vie en mourant à l'agonie au fond d'une cellule.

- A quoi faites-vous allusion ?
- Si je me remémore bien tes propos tu as dit : *L'existence de ces créatures m'a été*

confirmée par deux Mages- Vampires. De quels Mages-Vampires parles-tu ? Connais-tu leur nom ?

Le Drakon hésita à répondre, ne sachant pas si le Magicien lui tendait un piège. Finalement, il se résolut.

- Je connais leur nom en effet. L'un s'appelle Maldrin et l'autre Gadram. De ce que j'ai pu comprendre leur maître est parti vous rejoindre, il y a de cela quelques temps.

Sohort afficha ouvertement une grande colère.

- Je les connais, leur maître est arrivé il y a plus d'un mois, pensant retrouver tous ses confrères Magicien. Le pauvre a été terriblement déçu en constatant ce qu'il restait d'eux. Je n'ai pas souhaité faire d'exception, même si un homme en plus dans mon armée ne fait pas de grande différence. Désormais, il est comme tous les autres, esclave de ma volonté. Pour ce qui est du Mage-Vampire que tu nommes Maldrin, lui m'as rejoint il y a quelques semaines mais il avait le bras dans un sale état. La blessure s'était aggravée : il était mourant, je n'ai pas pu absorber son essence vitale, alors je l'ai laissé pourrir dans les cachots. Il finira par mourir de toute façon. Maintenant si tu n'as plus rien à m'apprendre, hors de ma vue. »

Ekléanos était sans voix. Sohort rappela les deux gardes qui conduisirent le prisonnier à sa cellule. Cette fois il arriva à marcher mais les deux gardes le tinrent tout de même par le bras, en lui faisant signe qu'au moindre mouvement, ils n'hésiteraient pas à sortir leurs épées. Ekléanos eut beau les écouter, c'est en le jetant par terre et en le frappant au visage qu'ils le ramenèrent à sa cellule en la fermant à double tour…

CHAPITRE II

L'ÉVASION

Une fois que les deux gardes furent partis, Ekléanos rampa jusqu'au bout de sa cellule. Il apercevait toujours une forme dans le cachot en face de lui. Compte tenu de ce que lui avait révélé Sohort, il supposait qu'il devait s'agir de Maldrin, le Mage-Vampire qu'il avait combattu durant son passage dans les Plaines Grises. Ekléanos se doutait que son ancien ennemi était conscient de sa présence, cependant l'obscurité qui régnait dans la pièce ne lui permettait pas de savoir qu'il s'agissait de l'homme responsable de sa blessure. Le Drakon décida, sans vraiment savoir pourquoi, de l'interpeller. « Maldrin ? C'est vous ? » La personne concernée mis du temps à répondre. « Je me nomme bien Maldrin mais qui êtes-vous ? Êtes-vous un Magicien, comme moi ?

- Non je suis Ekléanos, le chef des Drakons. Nous nous sommes déjà rencontrés, si je puis dire, mais je ne vous ai pas donné mon nom.

Maldrin se releva tant bien que mal, à la seule force de son bras gauche.

- Je serais curieux de savoir, quand et où nous nous sommes rencontrés. Ces derniers temps j'ai plutôt vécu à l'écart de la société.

Ekléanos ne savait pas quoi répondre. Il redoutait que le Mage-Vampire ne refuse de lui parler s'il apprenait qu'il était l'auteur de sa blessure.

- Nous nous sommes rencontrés, dans une grotte il y a quelques semaines. Vous m'aviez attaché et vous vous disputiez avec votre camarade Gadram.

Le Drakon n'était pas en mesure d'apercevoir le visage du Mage-Vampire mais il s'attendait que celui-ci vire au rouge.

- Vous êtes en train de me dire que, c'est vous qui avez tué mon ami Gadram et qui m'avez laissé avec une entaille dans l'épaule ?

Ekléanos fut obligé de répondre même s'il redoutait la réaction de Maldrin.

- Oui malheureusement c'est bien moi.

À la surprise d'Ekléanos, Maldrin ne sembla pas s'énerver, au contraire il avait conservé tout son calme. En fait il n'avait probablement pas la force de se mettre en colère, d'autant plus que cela n'améliorerait en rien sa situation. De plus, cela faisait plusieurs semaines qu'il croupissait dans cette cellule sans personne avec qui discuter, il sembla donc intéressé par la présence du Drakon.

- C'est une triste coïncidence, autrefois ennemis nous voilà désormais compagnons de cellule. Mais si on y réfléchit bien, votre présence dans ce cachot est plus logique que la mienne. Je suis un Magicien et me voilà trahi par celui qui fut autrefois, le membre le plus respecté de notre groupe. Avant de venir ici, je pensais que Sohort était devenu fou. Il se trouve que j'avais vu juste. Gadram avait tort, je n'aurais jamais dû l'écouter. Ma vie en Arganon n'était pas des plus épanouissantes mais au moins, j'étais libre. Mais dîtes-moi, que fait un Drakon au beau milieu des Terres Désolées ?

Ekléanos dut expliquer à nouveau la raison de sa présence dans la région, comme il l'avait fait avec Sohort. Il en profita pour révéler à Maldrin les informations que le Magicien lui avait transmises. Maldrin ne fut guère surpris par les révélations du Drakon. Après l'exil des Magiciens, tous avaient cherché un moyen d'accéder à l'immortalité. Sohort avait réussi à dérober la vie de ses propres alliés. Le Mage-Vampire révéla à son tour que son maître, Gadram et lui avaient survécu en ingérant des élixirs magiques à base de sang humain. Le Drakon se rendit alors compte que tout comme Sohort, Maldrin devait avoir près de deux cents ans. Les deux ennemis parlèrent ainsi pendant une heure quand soudain, une idée vint à Ekléanos.

- Attendez une minute. Si vous êtes un Magicien, comment se fait-il que vous n'ayez pas employé votre magie pour vous échapper ?

Maldrin répondit sans même être surpris par la question du Drakon.

- Au début j'y ai pensé, mais étant donné l'état dans lequel je suis, je ne suis même pas sûr de pouvoir incanter un sort. Et même si j'y arrivais, cela ne servirait à rien : je suis mourant. D'ici quelques jours, je succomberai probablement à mes blessures.
- Mais ne pourriez-vous pas utiliser votre magie pour vous soigner ?

Maldrin esquissa un sourire.

- Vous voulez dire : pourquoi n'ai-je pas soigné la blessure que *vous* m'avez faite ? Bonne question. Tout simplement parce que j'en suis incapable. Mes forces m'abandonnent de jour en jour. Cela faisait également de longues années que je n'avais pas utilisé ma magie, excepté pour concocter l'élixir qui me maintient en vie. Il m'a énormément coûté de me transformer en chauve-souris. Et puis à quoi bon ? Que me reste-t-il ? Je n'ai plus personne. La seule chose qu'il me reste à faire est encore de mourir ici.

Ekléanos fut gêné de soumettre au Mage-Vampire sa proposition.

- Vous êtes mourant en effet, et j'en suis navré. Cependant c'est loin d'être mon cas. Si vous me libérez, je pourrais aller prévenir l'Empereur de ce qui se prépare et peut-être sauver Moridwor. Ainsi je mettrais à mal les plans de Sohort qui je vous le rappelle, vous a trahi.

Le Mage-Vampire sembla réfléchir. Il répondit finalement d'un ton sec.

- Je ne vois pas pourquoi je vous aiderais. Si je ne me mets pas en colère contre vous, c'est uniquement parce que je n'en ai plus la force. Et s'il m'en restait croyez bien que je les engagerais, non pas à vous aider à vous échapper, mais à me venger de ce que vous m'avez fait. Certes, j'ai fait confiance à Sohort, malgré le fait que je le savais fou et il m'a trahi. Mais c'est vous et non pas Sohort qui avez tué mon ami et m'avez entaillé le bras.

Ekléanos tenta de convaincre son interlocuteur du mieux qu'il le put.

- Je vous l'ai dit, Sohort m'a avoué vous laisser mourir volontairement parce que vous ne lui êtes pas utile. S'il est assez puissant pour empêcher sa mort, il devrait être en mesure d'empêcher la vôtre. Il se fiche donc complétement de ce qui peut vous arriver. De plus vous avez souligné un fait important, vous lui faisiez confiance et il vous a trahi. Moi je ne suis qu'un voyageur qui a fait tout ce qu'il pouvait pour se défendre et sauver sa vie. Vous ne pouvez pas me reprocher de m'être défendu, surtout alors que c'est vous qui aviez pour projet de me tuer. Dans cette histoire, nous sommes tous les deux victimes de Sohort. Alors s'il vous plaît, aidez-moi à m'échapper.

Maldrin semblait convaincu.

- Admettons que je vous fasse sortir, comment comptez-vous vous échapper de la citadelle ?

Ekléanos avait compris que Maldrin envisageait de l'aider, il lui exposa donc son plan.

- Une fois que je serai sorti de cette cellule, j'éliminerai le garde qui détient les clés. Ces dernières en ma possession, j'échangerai son armure avec mes vêtements afin de passer inaperçu. Ensuite je déposerai son cadavre dans ma cellule. Avec un peu de chance, les Orques mettront du temps avant de se rendre compte qu'il ne s'agit pas de moi. Cela me permettra donc une fois dehors, de m'éloigner suffisamment de la citadelle. Lorsqu'ils se rendront compte de mon évasion, je serai déjà loin et hors de portée.

Maldrin réfléchit. De son choix allait dépendre la vie du Drakon et le destin de tout un pays. Il finit par répondre.

- Entendu, je vais vous faire sortir. Mais avant, vous devez me faire une promesse.
- Laquelle ?
- Quand vous aurez gagné la guerre, et que vous serez devant les portes de la citadelle. Vengez-moi et tuez Sohort.
- C'était bien mon intention… »

*
**

Maldrin resta assis pendant de longues minutes, les yeux fermés à se concentrer sur la serrure. Il réussit à la débloquer du premier coup. Ekléanos eut juste à pousser la grille et elle s'ouvrit aussitôt. Il s'avança, accroupi et après avoir remercié Maldrin, il ouvrit la porte du couloir. Le garde qui se trouvait adossé contre cette dernière tomba en arrière. Ekléanos lui arracha l'épée des mains et vint lui planter dans le torse. La tête de l'Orque tomba lentement en arrière et la tension qui animait ses bras et ses jambes disparut. Le Drakon récupéra l'armure du gardien et jeta son cadavre dans la cellule en prenant soin de bien refermer la grille à clé. Il sortit donc en passant par le couloir. Il se retrouva devant les fameux escaliers et au lieu de les monter comme la dernière fois, il les descendit. Il arriva alors dans une armurerie. Une dizaine d'Orques se trouvait dans la salle. Ekléanos accéléra sa marche et sortit par la porte principale sans demander son reste. Il faisait nuit : cela tournait à son avantage. Il aperçut la porte par laquelle on l'avait mené à l'intérieur. La herse était abaissée mais avant de partir Ekléanos se dirigea vers un cabanon, où il avait vu un garde poser ses affaires lorsque les Orques l'avaient capturé. Le cabanon était inoccupé, Ekléanos put donc reprendre ses armes, la missive de Sohort, quelques morceaux de pain, de la Poudre de Vie et enfin son armure qu'il dissimula dans son sac. Puis il quitta le cabanon et se dirigea vers la herse. Il fit signe à un garde de la remonter. L'Orque fit monter la herse sans poser de question surement parce qu'Ekléanos portait l'armure de son supérieur. Le Drakon marcha et passa devant la deuxième muraille de pierre et la palissade en bois. Quand il fut enfin certain que personne ne le verrait, il courut se cacher derrière un talus. Il retira son casque, jeta l'armure de l'Orque et enfila la sienne. Puis il courut en direction du nord, le plus rapidement qu'il put, sans se retourner.

*
**

Après trois semaines passées à marcher sans s'arrêter sauf pour ne faire que quelques pauses afin de s'alimenter, il finit par arriver près de la vallée d'Ostilion. Il apercevait les remparts au loin. Et après quelques heures de marche il arriva au pied de la muraille. Il hurla pour qu'on lui envoie une corde, mais personne ne répondit. Cinq minutes plus tard, un Drakon qui effectuait une ronde finit par l'apercevoir en bas de la muraille. Le guerrier hurla. « Apportez une corde vite ! » Un soldat de la Rmark-Empra répondit. « Une corde ? Pourquoi avez-vous besoin d'une corde ? » Le Drakon continuait de hurler. « Dépêchez-vous je vous en prie, notre chef est revenu ! Il est en bas de la muraille ! Apportez une corde pour qu'on puisse le remonter ! » Ekléanos entendit le soldat impérial se précipiter. Il revint quelques secondes plus tard avec l'objet demandé. Il fit descendre la corde le long de la muraille et permit à Ekléanos de le rejoindre. Le Chef des Drakons, épuisé s'effondra aussitôt sur les remparts. « Chef, vous allez bien ? » Ekléanos eut du mal à s'exprimer. « Amène moi en bas, dans les baraquements. Et cours prévenir les autres que je suis revenu.

- Oui chef, tout de suite. »

Le soldat impérial et le Drakon aidèrent donc Ekléanos à descendre les escaliers jusqu'aux baraquements. Ils le firent entrer et l'assirent sur un fauteuil. Puis ils repartirent, en laissant Ekléanos tout seul. Ils revinrent quelques minutes plus tard suivis d'un grand nombre de Drakons et de tous les soldats impériaux. Ekléanos aperçut Hiaalmar, Balkar et Fakios. Les trois membres des Légendes s'exclamèrent. « Ekléanos, tu es de retour ! Alors, comment s'est passé la traque du Dragon ? Est-il bien mort comme nous le redoutions ? Et ce Sohort, as-tu eu le temps d'en apprendre davantage sur lui ? » Le chef des Drakons respira profondément. « Laissez-moi le temps de vous expliquer. Je vais tout vous raconter en commençant par le jour où vous m'avez vu descendre de la muraille. »

*
**

Ekléanos leur raconta donc tous les évènements qui s'étaient produits : sa visite de la forteresse Orque, l'escalade de la falaise, la découverte de la citadelle, son combat contre les Orques puis son interrogatoire avec Sohort et enfin les étapes de son évasion. Il leur montra même l'invitation que Sohort avait envoyée aux Orques. Les Drakons écoutèrent son récit avec attention, non sans éprouver une certaine fierté à l'égard de leur chef qui avait réussi à se tirer des griffes du plus puissant des Magiciens. Cependant ils se rendirent rapidement compte de la gravité de la situation : une armée de Kodrug et d'Orque s'apprêtait à envahir le nord du continent. Le seul objectif désormais était de prévenir l'Empereur au plus vite, afin qu'il puisse organiser la défense du pays. Malgré l'urgence de la situation, et à cause du fait que leur chef était arrivé en pleine nuit, les Drakons décidèrent de lui accorder quelques heures pour se reposer. Ils partiraient demain, le plus tôt possible.

*
**

Le lendemain, aux alentours de neuf heures, Ekléanos réunit de nouveau tous les Drakons et les membres de la Rmark-Empra. Il voulait savoir si les soldats impériaux iraient à Anariene avec eux, où s'ils resteraient à Ostilion pour défendre la muraille. Ekléanos s'adressa donc au capitaine de la garde, qu'il avait rencontré il y a six semaines. « Nous allons partir et nous rendre à la capitale afin de prévenir l'Empereur de ce qui se trame. J'emmène avec moi tous les Drakons à savoir, les deux cent cinquante Drakons qui m'avaient accompagné, plus les sept cents qui sont arrivés pendant mon absence. Je n'ai aucun conseil à vous donner étant donné que je ne suis pas un officier de la Rmark-Empra mais je pense que vous devriez venir avec nous. Seul contre l'armée de Sohort vous n'avez aucune chance. Vous devriez vous replier le temps que l'Empereur fasse parvenir des renforts. De plus cela fait plus d'un mois que vous êtes en poste ici, vos hommes doivent

43

être épuisés, ils pourraient donc profiter de ce repli temporaire afin de se reposer et de prendre des forces.

- Malheureusement pour nous, je suis obligé de reconnaitre que vous avez raison Drakon, répondit le capitaine avec accablement. Cependant nous avons reçu des ordres clairs : nous devons rester en poste à Ostilion jusqu'à ce que l'on nous ordonne de nous replier. Nous ne devons en aucun cas quitter la forteresse, sous peine d'être considérés comme déserteurs. N'étant pas sous les ordres de l'Empereur, vous pouvez vous permettre de partir quand bon vous semble, mais ce n'est pas notre cas.

Ekléanos tenta de le convaincre à nouveau. Il ne voulait pas se résoudre à abandonner ces hommes sur place, même s'il ne faisait pas partie de l'Ordre.

- Si je me souviens bien vos ordres étaient de protéger la muraille de l'attaque d'un Dragon, pas d'une armée d'Orques. Ce ne serait donc pas de la désobéissance de votre part si vous quittiez la forteresse. Les Orques sont énormément plus nombreux que vous, ce serait du suicide de rester ici malgré la menace qui plane. Vous serez bien plus utile à l'Empereur si vous restez en vie et que vous vous regroupez avec le reste de la Rmark-Empra.

L'officier n'avait pas l'air convaincu. De toute évidence, il avait longuement réfléchi à la question et sa décision était prise.

- Je ne voudrais pas vous décourager, Ekléanos mais, même si nous nous regroupions, notre nombre serait toujours insuffisant pour venir à bout de l'armée que vous avez décrit. L'armée impériale ne sera jamais en mesure de vaincre les Orques, je peux vous l'assurer.

Le Chef des Drakons s'acharna.

- Vous dites surement vrai mais avec l'aide des Nains et des Elfes, nous formerions une alliance que rien ne pourrait arrêter. Ce n'est qu'unis que nous parviendrons à triompher du Magicien.

- De toute façon, le temps que ces renforts arrivent jusqu'à nous, le sud du pays sera déjà tombé aux mains des Orques. J'ai bien réfléchi Ekléanos et ma décision est prise, vous ne parviendrez pas à me faire changer d'avis. Partez, tant que vous le pouvez encore.

Le Chef des Drakon dut donc se résoudre à accepter le choix du capitaine. Il s'apprêtait à faire ses adieux quand Balkar attira son attention.

- Ekléanos, puis-je te parler ?

Le concerné hocha la tête en signe d'approbation.

- Il se trouve que j'ai discuté avec quelques hommes, et ils pensent qu'un groupe devrait rester afin d'aider les soldats de la Rmark-Empra. Je me suis proposé pour être leur meneur. Je tenais à t'en informer avant que vous ne partiez tous.

Ekléanos prit par surprise, resta quelques instants silencieux sous le coup de l'émotion. Il était alarmé par la situation dans laquelle se trouvaient les soldats impériaux mais il ne s'attendait pas à ce que certains de ses hommes décident de rester afin de les épauler.

- Balkar, c'est beaucoup trop dangereux. Viens avec nous à Anariene, c'est en prévenant l'Empereur que nous viendrons le mieux en aide à ces gens.

- Mais ils sont tous seuls ! Nous ne pouvons pas les laisser faire face à Sohort en solitaire. Ça fait des années que nous nous connaissons tous les deux, et je sais ce que tu es prêt à faire pour protéger tes hommes mais tu ne peux pas nous demander de te suivre partout où tu vas, sans que nous ayons l'occasion de faire nos propres choix. Nous t'avons tous suivi jusqu'ici et nous comptions partir dans les Terres Désolées ensemble à la recherche du Dragon et de Sohort. Mais tu as fait le choix de nous protéger et je te comprends. Aujourd'hui nous sommes face à une situation critique, de terribles évènements risquent de se produire si nous ne prenons pas les bonnes décisions et j'ai le sentiment que notre présence ici n'est pas le fruit du hasard. Si nous sommes venus ici c'est aussi pour aider ces soldats, et c'est ce que nous comptons faire en restant. Tu peux désapprouver cette décision en tant que chef mais tu n'as pas le droit de nous empêcher de nous battre.

Ekléanos ne voulait pas prendre le risque de laisser un de ses meilleurs amis et ses hommes sur place. La place des Drakons n'était pas à Ostilion, leur mission devait prendre fin. S'il voulait obliger son ami à le suivre, il allait devoir utiliser son autorité hiérarchique.

- Je ne suis pas en train de te demander une faveur en te demandant de nous accompagner Balkar. Il s'agit d'un ordre et tu dois y obéir.

Balkar ne put s'empêcher de sourire.

- Je m'attendais à ce que tu dises ça, mais tu viens de donner un coup d'épée dans l'eau. Ton autorité a ses limites et je sais qu'en tant qu'ami tu ne m'empêcheras pas de rester.

Ekléanos sourit à son tour. Son ami ne le connaissait que trop bien et il avait vu juste. Le chef des Drakons ne voulait pas le contraindre à aller contre sa volonté. Il voulut cependant savoir ce qu'en pensaient les autres Drakons.

- Laisse au moins l'occasion aux autres d'exprimer leur avis.
- Pour qu'ils puissent tous me répéter la même chose que toi ? Sans façon, je connais déjà leur position sur leur sujet.

Le chef des Drakons dû se résoudre.

- Dans ce cas que tous ceux qui souhaitent rester avec Balkar me le fassent savoir.

Une cinquantaine de guerriers levèrent la main. Ekléanos se résolut donc à leur donner son approbation.

- Balkar a raison. Je ne peux pas vous contraindre à nous suivre si votre cœur vous dicte un ordre différent. J'espère sincèrement que nous parviendrons à convaincre l'Empereur de vous faire parvenir des renforts et que nous pourrons tous nous retrouver d'ici peu. Je vous souhaite à tous bonne chance et bon courage. »

Certains guerriers émus à l'idée d'abandonner leurs camarades, ne purent s'empêcher de laisser couler quelques larmes tout en se demandant s'ils les reverraient un jour. Ekléanos voulu paraitre confiant et ne laissa transparaitre aucune émotion mais au fond de lui, il était tout aussi triste que ses hommes. Il ignorait ce que le destin lui réservait mais il espérait que ce dernier le ramènerait tôt ou tard auprès de ces Drakons qu'il abandonnait.

*
**

Les Drakons chevauchèrent des centaines de kilomètres en passant par les collines, puis Fortgund, en traversant à nouveau la forêt de Gund sans embuche cette fois, et arrivèrent enfin à Vertforêt. Après cette longue chevauchée de plusieurs jours, le groupe de guerriers aurait pu s'arrêter quelques heures afin de se reposer, cependant Ekléanos jugea préférable de ne pas faire de halte avant d'avoir atteint la capitale. Une dizaine d'heures plus tard, ils atteignirent les Plaines Grises. Ekléanos ne parvint pas à retrouver la grotte où il avait été fait prisonnier par les Mages-Vampires, il repensa alors à Maldrin et à sa promesse. Et après dix jours de chevauchée hâtée, les neuf cents Drakons finirent par arriver

50

devant les portes d'Anariene. Quelle ne fut pas la surprise des gardes en charge de l'ouverture des portes, lorsque près d'un millier de Drakons apparurent près des remparts de la ville. Néanmoins ils avaient reçu des ordres très stricts et permirent donc aux guerriers de pénétrer dans l'enceinte d'Anariene, non sans attirer de nombreux coups d'œil au passage.

CHAPITRE III
LA DÉFENSE DE L'EMPIRE

Les Drakons arrivèrent à Anariene en fin d'après-midi. Ekléanos demanda à ses hommes de l'attendre près de la grande porte et de le laisser s'entretenir seul à seul avec l'Empereur. Les Drakons obéirent et leur chef se dirigea donc vers le palais impérial. Les gardes le laissèrent entrer, de toute évidence leurs homologues de la grande porte devaient les avoir tenus informés de l'arrivée prochaine d'un visiteur. Ekléanos parcourut la salle des colonnes comme il l'avait fait deux mois auparavant. L'Empereur l'accueillit. Tout comme les gardes du palais, il semblait être au courant de l'arrivée du chef des Drakons car c'est avec un air à la fois ravi et impatient qu'il s'adressa à Ekléanos. « Cher Drakon ! Cela fait longtemps que j'attends votre retour. Je ne m'attendais pas à ce que la traque du Dragon prenne tant de temps. Mais je suis soulagé car si vous êtes ici c'est que le Dragon est bel et bien mort, n'est-ce pas ? » Ekléanos mit du temps à comprendre que l'Empereur attendait une confirmation de sa part. Le Drakon quelque peu déstabilisé par toutes les mauvaises nouvelles qu'il avait à annoncer, ne savait pas par où commencer. De plus il ignorait tout bonnement ce qu'il avait bien pu advenir du Dragon, puisqu'il n'avait pu trouver aucune preuve de sa mort. Cependant il y avait longuement réfléchi et il lui paraissait plus qu'improbable que la créature ait pu survivre à une telle blessure. « Je suis content de vous voir sire. Ce que je m'apprête à vous raconter va probablement vous surprendre mais je me dois de tout vous expliquer. Alors préparez-vous à entendre le récit de mon voyage jusqu'à Ostilion et dans les Terres Désolées. Tout d'abord quand je suis parti d'Anariene pour rejoindre Vertforêt, j'ai emprunté la route qui traverse les Plaines Grises. Des Mages-Vampires m'ont alors capturé et m'ont mené à l'intérieur de leur repère. En étant à moitié sonné mais tout de même conscient, j'ai pu les entendre évoquer à de multiples reprises un magicien nommé Sohort qui aurait survécu dans les Terres Désolées et ce, depuis cent soixante-dix ans. » Le corps de l'Empereur fut parcouru par un frisson lugubre à l'entente du nom de ce vieil ennemi qu'avait dû affronter son grand-père. « Je me suis risqué à les interroger et j'ai finalement pu obtenir d'eux quelques informations. Selon leurs dires, Sohort rassemblerait une armée composée de Kodrug, d'Orques et de Gobelins, dans le seul but d'envahir le continent tout entier. Mes ravisseurs ont fini par se montrer moins coopératifs. J'ai dû me battre contre eux et j'ai finalement réussi à en tuer un. Malheureusement le second est parvenu à s'échapper. J'ai ensuite quitté la grotte dans laquelle je me trouvais afin de rejoindre Vertforêt. Après avoir exposé la situation aux membres du conseil des Drakons, nous sommes partis en direction de Fortgund. En traversant la forêt, nous avons essuyé une attaque de Loups-Garous. Cette dernière a non seulement fait des victimes parmi nos rangs mais elle m'a également amené à remettre en question le plan que nous avions initialement prévu. J'ai alors décidé que je me rendrais seul dans les Terres Désolées. Nous avons été contraints de rester quelques jours à Fortgund afin que nos blessés puissent se reposer et guérir, et nous sommes repartis vers Ostilion. Une fois arrivé à la forteresse, nous n'avons pu que constater l'étendue des dégâts. De nombreuses maisons semblaient avoir brulé, d'autres étaient tout simplement détruites. Il ne restait qu'une cinquantaine de gardes, certains étaient initialement en poste à la forteresse, mais d'autres étaient originaires de Ciodera. Une fois ces derniers mis au courant de notre mission, je suis parti seul, comme je l'avais prévu, dans les Terres Désolées. Dans les jours qui ont suivi, j'ai trouvé des indices qui auraient pu me mener aisément au Dragon, cependant j'ai jugé qu'il était préférable de récolter des renseignements sur Sohort, avant de m'assurer du décès de la créature. Un message, trouvé dans une forteresse Orque m'a mené jusqu'à l'extrémité sud des Terres Désolées. Là, se dressait une immense citadelle, telle que je n'en n'avais jamais vue dans cette région aride. Après plusieurs jours d'observation, ma position a été repérée par des Orques. J'ai réussi à en éliminer quelques-uns mais l'un d'entre eux est parvenu à m'assommer. Ils m'ont capturé et m'ont mené à l'intérieur de la citadelle. J'ai alors eu le déplaisir de faire la rencontre du Magicien, que j'avais cherché depuis des semaines. J'ai réussi à en apprendre davantage sur son histoire et sur l'armée qu'il avait réunie. Il a promis aux Orques et aux Gobelins, une vie bien meilleure que celle qu'ils connaissent, à condition qu'ils se mettent à son service et ils ont accepté.

Sohort m'a fait enfermer dans un cachot. Sans doute s'attendait-il à ce que je baisse les bras et que je me résigne à mon sort. Mais c'était sans connaitre la détermination dont peut faire preuve un Drakon. Grâce à l'aide d'un Mage-Vampire, ironiquement celui qui s'était échappé des Plaines Grises, j'ai réussi à m'enfuir de la citadelle. Et après un mois de voyage, j'ai enfin rejoint la capitale. Vous êtes donc maintenant informé de la lourde menace qui plane au-dessus de nos têtes. » L'Empereur déconcerté ne sut que répondre. Il ignorait toujours si le Dragon à l'origine de toute cette histoire avait oui ou non survécu, et voilà qu'il apprenait maintenant qu'une armée se préparait à envahir le pays dont il était le souverain. Cependant, il lui manquait encore de précieuses informations qui allaient jouer un rôle plus que déterminant dans la décision qu'il s'apprêtait à prendre. « Ekléanos, je vous en prie, dites m'en plus. Combien sont-ils exactement ?

- Les Gobelins sont soixante-dix mille, ils fabriquent des armes et des armures et ont fourni les matériaux qui ont servi à bâtir la citadelle. Je ne pense pas qu'ils puissent être considérés comme de véritables combattants.

Les Orques en revanche sont à peu près cent mille et représentent la partie la plus importante de l'armée. Et enfin, les Kodrug doivent être approximativement cinq cents. Donc vos armées risquent d'affronter un nombre plus que conséquent d'ennemis.

L'Empereur pris un air songeur et vint soutenir son menton à l'aide de sa main gauche.

- Sont-ils prêts à combattre selon vous ?
- Je ne pense pas. Cependant, et de ce que j'ai pu voir, leur armée est très développée. Il ne leur faudra pas longtemps avant de se mettre en marche vers Ostilion. Ce n'est qu'une question de semaines avant que la guerre ne débute, je le crains. Sire, m'autorisez-vous à parler avec honnêteté ?

Donirion, tout en accordant son attention au Drakon hocha la tête.

- Je vous y invite.
- Je ne vous l'ai pas encore dit mais certains de mes hommes ont tenu à rester là-bas, jusqu'à ce que des renforts soient envoyés. Ils doivent être tout juste une centaine en comptant les

soldats impériaux. Si vous n'envoyez pas ces renforts qu'ils attendent, ils risquent d'être massacrés.

- Vous voudriez que j'envoie un régiment de soldats dans le seul but d'aller chercher certains de vos hommes, restés là-bas de leur plein gré ?

Ekléanos se sentit piégé par la question de son Empereur et il commençait à ne pas apprécier le ton que prenait la conversation.

- Non, je ne vous demande rien sire. Seulement, si ces hommes sont à Ostilion c'est parce que vous nous avez chargé d'une mission. Si vous les informez que cette dernière n'est plus d'actualité et qu'ils n'ont rien à faire là-bas, ils partiront. Pour être honnête je ne souhaite pas que nous autres, les Drakons, nous nous retrouvions impliqués dans cette guerre.

L'Empereur semblait avoir mené Ekléanos là où il le voulait. De toute évidence, il avait déjà prit le temps de réfléchir à la question évoquée.

- À mon tour d'être honnête avec vous Ekléanos. Nous comptons au sein de la

Rmark-Empra, quarante-cinq mille soldats. Deux fois moins nombreux que l'ennemi que vous m'avez décrit. Nous serons bientôt en guerre et tout homme prêt à se battre est le bienvenu. Et vous, vous voudriez que je réduise le nombre de soldats en poste à Ostilion, alors que ce dernier est déjà bien insuffisant.

- Mais avec l'aide des Elfes et des Nains, vous pourriez vaincre Sohort. Ensemble vos armées seraient assez nombreuses pour écraser la sienne.

- Et vous croyez qu'après que des humains aient traité les Elfes de monstres, ils vont s'empresser de venir nous aider. Même si cela fait plus d'un siècle, je peux vous assurer qu'ils n'ont pas oublié les insultes qu'ils ont subies. Et même s'ils acceptaient de venir nous aider, le temps que leurs troupes arrivent, Ostilion aura déjà subi une attaque. Non Ekléanos, nous avons besoin de soldats maintenant.

Le Drakon, ne voulant pas se résoudre à abandonner Balkar, ainsi que ceux qui l'avaient suivi, haussa le ton.

- Mais nous avons des hommes à Ostilion. Et ils ne seront jamais assez nombreux pour survivre à une attaque de Sohort. Vous n'allez tout de même pas les laisser mourir pour rien ? Sire, cela fait maintenant deux mois que vous nous avez engagé pour vous débarrasser du Dragon : vous ne pouvez pas dire que nous ne nous sommes pas montrés coopératifs. Les Drakons qui sont à Ostilion s'y étaient rendus pour tuer cette créature pas pour prendre part à une guerre. Après tout ce que nous avons fait pour ce pays, depuis que cet ordre existe, vous ne pouvez pas les jeter à la mort comme si leurs vies ne valaient rien.

L'Empereur qui allait se lever pour s'exclamer se rétracta et reprit un air plus calme.

- Ekléanos je peux tout à fait comprendre que vous ayez envie de sauver vos hommes mais je crains que cette affaire ne vous concerne plus. À partir d'aujourd'hui, je vais devoir organiser les défenses et les déplacements de troupes de la Rmark-Empra. Je crains de ne pas pouvoir vous accorder davantage de temps. Et, je ne voudrais pas vous vexer mais je ne crois pas que votre statut de chef des Drakons vous autorise à vous adresser à moi comme vous venez de le faire, ou d'intervenir dans les affaires du gouvernement.

Ekléanos ne put contenir sa colère, il n'arrivait pas à croire que l'Empereur refuse de l'aider. Sans prêter attention à la remarque qu'il venait de faire, il répondit :

- J'ai pris énormément de risques en me rendant seul dans les Terres Désolées. J'aurais pu mourir au fond de cette cellule et vous n'auriez jamais rien su de tout cela. J'aurais pu aussi bien continuer à chercher le Dragon car trouver la citadelle de Sohort ne faisait pas partie de la mission initiale que vous m'aviez confiée. Mais j'ai fait un choix différent : celui de faire ce qui me semblait être le plus juste pour les Arganiens. J'ai fait cela parce que je savais que des vies étaient en jeu. Mais peut-être me suis-je trompé. Peut-être que j'aurais dû vous imiter et ne pas me soucier du sort des autres…

Ekléanos s'apprêtait à tourner le dos à son Empereur et à repartir sans demander son reste. Ce dernier s'en rendit visiblement compte. La dernière phrase du Drakon l'avait profondément touché. En son for intérieur, Donirion savait que son interlocuteur avait raison. On ne pouvait pas abandonner ainsi des gens qui avaient consacré leur vie entière à la défense de celles des autres. Donirion se rendit alors compte qu'il était allé trop loin. Non, c'était décidé, il n'allait pas abandonner les Drakons à leur sort, ils ne méritaient pas cela. L'Empereur revint à lui, Ekléanos était sur le point de franchir la porte. Il l'interpella.

- Attendez Ekléanos ! Revenez, je vous en prie.

Le concerné fit demi-tour et se présenta à nouveau à l'Empereur. De toute évidence, il ne s'attendait pas à ce que ce dernier change d'avis.

- Je suis désolé Ekléanos, profondément désolé, je vous assure. Il m'arrive parfois d'oublier tout ce que vous avez fait pour nous. Je vais envoyer des renforts à Ostilion. Je ne pourrai pas envoyer toute l'armée, mais je tacherai d'envoyer suffisamment de soldats pour venir en aide à vos hommes. Cependant, j'aimerais que vous fassiez quelque chose en retour.

Ekléanos, surpris que l'Empereur accepte de l'aider, était aussi curieux de savoir ce qu'il allait devoir faire pour sauver ses hommes.

- De quoi s'agit-il sire ?
- Vous irez à Ostilion avec les renforts… »

Ekléanos dut se résoudre à obéir. S'il voulait sauver Balkar ainsi que tous les guerriers présents à Ostilion, il allait devoir retourner à la forteresse. Le Drakon en vint à se demander s'il n'aurait pas été plus facile pour lui de convaincre son ami de le suivre plutôt que de demander de l'aide à l'Empereur. Après tout, Balkar avait beau se montrer têtu de temps à autre, il savait revenir sur ses décisions quand la situation l'exigeait. Ekléanos se rendit également compte que depuis les derniers mois qui s'étaient écoulés, il n'avait fait que traverser le pays de long en large, du nord au sud et inversement. La situation urgente dans laquelle se trouvait le chef des Drakons aurait pu le pousser à quitter la ville dès qu'il en avait eut l'occasion, cependant ses hommes et lui avaient besoin de renforts de taille. C'est pourquoi il parvint à obtenir de l'Empereur davantage que de simples soldats. Ce dernier lui accorda, en plus des vingt-deux mille hommes qui le suivraient, un certain nombre d'armes de jets comprenant des catapultes et des balistes. Une fois informé en détails sur les renforts de la Rmark-Empra qui l'accompagneraient, Ekléanos décida de rejoindre le reste des Drakons, qui attendait toujours impatiemment à l'entrée de la ville. Il les tint au courant de la décision de l'Empereur et décida d'organiser ses troupes. Ils partiraient d'Anariene pour se regrouper avec les troupes de la Rmark-Empra aux alentours de Fortgund. Il était évident que si la présence des Drakons près d'Ostilion pouvait paraitre normale, une légion de la Rmark-Empra de vingt mille hommes passerait difficilement inaperçue. La population devait être avertie. Cependant cette tâche ne revenait pas à Ekléanos mais à l'Empereur, aussi ce dernier décida de faire un discours sur la place de la Révolution pour expliquer la situation. Bien évidemment, cette même tâche incombait à tous les représentants de l'autorité impériale du pays, qu'ils soient Administrateur ou simples maires. La nouvelle ne mit pas longtemps à se propager et Ekléanos, qui était resté trois jours à Anariene, avait pu percevoir lui-même la peur gagner peu à peu les habitants de la capitale. La plupart avait déserté la ville pour se rendre dans le nord du pays, certains avaient même fui espérant trouver refuge chez les Elfes et les Nains. Cela donnait à Ekléanos l'impression d'observer un navire en train de sombrer dont les occupants désespérés, tentaient du mieux qu'ils le pouvaient de trouver l'endroit sur le bateau qui sombrerait en dernier. Mais quoi qu'ils fassent, le sort de ceux qui restaient n'allait pas être différent du sort de ceux qui partaient. Et malgré tout cela l'Empereur incitait tous ceux prêts à défendre leur pays, à s'engager dans l'armée pour aller se battre à Ostilion. Cela lui permit de grossir légèrement les rangs de son armée mais malheureusement, ils n'étaient toujours pas assez nombreux pour pouvoir vaincre l'armée de Sohort. L'Empereur ordonna au maire de Ciodera et à l'Administrateur de Fortgund, de se tenir prêts à faire évacuer leur ville. Après de longs jours de préparation, les Drakons étaient fin prêts à partir. Ils entamèrent à nouveau le voyage qui les mènerait jusqu'à Ostilion.

*
**

Le convoi des Drakons sembla traverser le pays de façon aussi naturelle que les foules de ceux qui le fuyaient. Ces derniers arrivèrent à Vertforêt et trouvèrent la ville toute aussi déserte qu'Anariene. La taverne principale avait fermé et les écuries étaient inoccupées. Cette vision de désolation ne manqua pas d'impacter le moral de certains Drakons. Ils avaient l'habitude de l'observer, elle, ainsi que toutes les vies qui s'y affairaient et d'entendre constamment le brouhaha des passants qui circulaient dans ses rues. En entrant dans la forêt de Gund certains se remémorèrent le combat acharné qu'ils y avaient mené. Ekléanos se jura de faire tout son possible pour que de tels évènements ne se reproduisent jamais. Néanmoins cette promesse allait être difficile à tenir et il le savait. À la sortie de la forêt, ils découvrirent un ancien campement, qui avait probablement servi à des réfugiés et lorsqu'ils passèrent devant Fortgund, ils n'entendirent pas un bruit. Cependant les tours de guet étaient occupées contrairement aux habitudes de l'Administrateur, et les gardes s'affairaient sur les remparts. Cette situation de vigilance permanente était sans aucun doute la même dans toutes les villes de la région Sud du pays. Malheureusement, toutes n'avaient pas la chance de bénéficier de muraille en guise de protection, c'est pourquoi, et alors que le pays entier se préparait à la guerre, des soldats de la Rmark-Empra reçurent l'ordre d'ériger des remparts de fortune en bois. Cela ne serait certainement pas suffisant pour contenir la force et le nombre des Orques mais ils devraient s'en contenter.

*
**

Les Drakons finirent par atteindre les collines, situées à un peu moins de dix kilomètres d'Ostilion. Et pendant cinq jours les guerriers attendirent la venue de la Rmark-Empra. Les soldats espérés finirent enfin par arriver. Ces derniers étaient équipés d'une armure en acier, dont les avant-bras laissaient apparaitre leur tunique rouge, d'un heaume rectangulaire, et de leur bouclier rond. Le chef des Drakons constata également qu'ils trainaient derrière eux de multiples machines de guerre. À peine furent-ils arrivés que les soldats impériaux entamèrent immédiatement la construction d'un immense camp militaire. Le regard d'Ekléanos fut soudain attiré par trois soldats qui s'avançaient vers lui. Sans doute des officiers, se dit-il en apercevant leur cape rouge. L'homme qui semblait mener la marche s'arrêta net devant lui et retira son casque. Ses deux camarades l'imitèrent. Ne sachant pas vraiment comment il aurait dû saluer cet officier, Ekléanos se contenta d'un simple salut de tête. Par chance, l'homme qui semblait mener les troupes engagea la conversation. « Êtes-vous Ekléanos, chef de l'Ordre des Drakons ? » L'interpellé, quelque peu surpris qu'on le désigne par son titre officiel tenta de se rappeler le nom de son interlocuteur. « Affirmatif c'est bien moi. Et je suppose que vous devez être le Général de Légion Radah dont l'Empereur m'a parlé ?

> - En effet, et à sa demande me voici, accompagné de la IIème légion que je dirige ainsi que par la IVème et la Vème légion, respectivement dirigées par le Général Küden et le Général Cetm que voici. Ces légions comprennent au total vingt-deux mille cent quarante-sept épéistes, quatre cent soixante-trois archers et cent douze balistaires. Nous

sommes également équipés de cinq catapultes et de douze balistes. Mais peut-être devrions-nous parler de tout cela en privé ? »

Ekléanos fit signe aux Drakons d'installer leur campement à proximité et il suivit les Généraux qui le menèrent à l'intérieur de la tente de commandement. Cette dernière, constituée d'un tissu épais faisait la taille d'une grande chambre. En son centre était disposée une table en bois sur laquelle se trouvait une carte détaillée d'Ostilion. Des traits et des symboles étaient tracés dessus mais il aurait été impossible à Ekléanos de connaitre leur signification. Les Généraux et le Drakon s'assirent autour de cette table et reprirent leur discussion. « Ekléanos, voulez-vous bien que je vous expose notre plan ? » Le chef des Drakons acquiesça. « Je suis là pour ça.

- Bien. Tout d'abord nous allons poster nos catapultes juste à l'entrée de la ville pour pouvoir directement faire feu en direction du sud, dans les Terres Désolées. Nos catapultes sont capables de tirer d'immenses rochers, que nous pourrons recouvrir avec du tissu imprégné de flammes afin de maximiser les dégâts. A ce que je sais, des trébuchets sont déjà présents sur place en revanche je ne pense pas qu'ils puissent nous être d'une grande utilité. Nous placerons également nos balistes sur les remparts afin d'éliminer les Orques qui tenteraient de s'approcher. Néanmoins cette position laissera nos balistaires vulnérables, c'est pourquoi j'aimerais que vous ordonniez à certains de vos hommes de se poster à leurs côtés en renforts et de les couvrir avec des arbalètes. Pendant ce temps, nos épéistes, nos archers et vos guerriers seront en arrière, juste au pied de la muraille en prévision d'une brèche. Qu'en pensez-vous ?

Tout au long de son explication, le Général Radah avait pris soin de désigner chaque position sur la carte qu'Ekléanos avait aperçue quelques secondes plus tôt. Cela permit au Drakon de mieux saisir l'objectif du Général. De toute évidence, ce plan n'avait pas pour objectif d'empêcher les Orques de pénétrer sur le territoire arganien : cela était tout bonnement impossible. Cette stratégie n'avait que pour but de les ralentir, ce qui était très certainement le mieux qu'ils puissent faire en attendant la venue de leurs alliés Nains et Elfes.

- Ce plan me semble tout à fait convenable. De toute façon je ne suis pas militaire et je ne suis pas expert en stratégie, je devrais donc me fier à vos avis. Cependant une question me préoccupe : Que devrons nous faire en cas de débordement ?

Radah semblait avoir anticipé cette question depuis longtemps, il y avait probablement songé avant même de se lancer dans ses explications.

- En cas de débordement, l'Empereur nous a donné l'ordre de battre en retraite vers Ciodera. En effet, l'objectif de Sohort est certainement de prendre la capitale. Ainsi, les Orques n'auraient pas vraiment d'intérêt à nous pourchasser jusqu'à ce village. Je suis prêt à parier que dès qu'ils auront franchi la muraille, ils s'empresseront de se diriger vers Fortgund, qui les rapproche davantage de leur objectif. Et pendant qu'ils seront occupés à assiéger la ville, nous profiterons de l'occasion pour les prendre à revers.

- Votre plan a l'air de tenir la route et je ne voudrais pas remettre en doute votre talent pour la stratégie mais les Orques sont cinq fois plus nombreux que nous. Quand pourrons espérer l'arrivée du reste de l'armée ?

- Le reste de l'armée n'est pas encore tout à fait prêt à combattre. Cela prend du temps de mobiliser l'ensemble de nos soldats mais, lorsque ces derniers seront prêts, ils devront se poster au sud de Vertforêt. Si jamais Fortgund est prise par l'ennemi et que nous ne parvenons pas à contenir les Orques nous devrons nous replier en longeant la frontière naine puis nous regrouper sur leur position. Je ne vais pas vous décrire la procédure complète mais sachez une chose, notre mission est bel et bien de tenir Ostilion aussi longtemps que nous le pouvons, et si jamais nous échouons, nous devrons harceler les positions ennemies jusqu'à l'arrivée de renfort. Si nous remplissons cette mission au mieux, les rangs ennemis devraient être réduits d'au moins dix pour cent, peut-être même plus.

- Entendu Général, je vous fais confiance. Dans combien de temps pourrons-nous nous remettre en marche ?

Le Général réfléchit pendant quelques instants.

- Les hommes sont épuisés, ils ont traversé la moitié du pays en moins d'une semaine. Je leur accorde la journée pour se reposer mais d'ici demain matin, à l'aube nous reprendrons notre marche vers la forteresse. Peut-être vos hommes sont-ils en meilleure forme que les miens ? Dans ce cas toute aide serait la bienvenue pour achever d'établir le campement.

Ekléanos se dirigea vers la sortie, salua les Généraux et ajouta :

- Nous ferons du mieux pour vous aider. »

Les Généraux esquissèrent un sourire satisfait, et se replongèrent instantanément dans l'étude de leur carte.

*
**

Durant toute la soirée la plupart des Drakons s'afférèrent à aider les soldats impériaux du mieux qu'ils le purent. Certains aidèrent à l'installation des tentes, d'autres participèrent à la préparation du repas et enfin quelques-uns furent invités à participer aux dernières vérifications du bon fonctionnement des armes de jets. Une fois l'ensemble de ces tâches accomplies, les Drakons et les soldats impériaux commencèrent à s'entrainer ensemble afin de se distraire un peu. De nombreux conseils furent échangés notamment concernant certaines techniques de combat ou encore sur l'utilisation la plus appropriée d'une arbalète. Les Drakons eurent donc l'occasion d'endosser le rôle d'instructeur et de maitre d'armes pendant un court instant. Rapidement, la plupart des guerriers cessèrent tout bonnement de s'entrainer et entamèrent la conversation avec leurs homologues de la Rmark-Empra. Une bonne ambiance s'installa alors et on en vint à oublier la raison pour laquelle ils étaient tous réunis ici. L'heure du repas fut finalement sonnée et l'ensemble du campement s'attela à remplir son estomac. Au bout d'un moment, et alors que le repas touchait à sa fin, certains soldats décidèrent de laisser de côté la viande et le pain pour se rabattre sur un met moins sain. Les tonneaux de vins et de bière, en faible quantité, furent ouverts, et la soirée commença à prendre une tournure plus joyeuse. Des soldats se mirent à chanter, ce qui leur valu un rappel à l'ordre du Général Küden. Après cet incident, le reste du repas s'acheva dans un calme relatif et tous les soldats impériaux partirent se coucher, après deux heures de franche camaraderie. Certains prirent cette décision d'eux même tandis que d'autres, qui avaient attiré l'attention des officiers plutôt dans la soirée, le firent par obéissance à un ordre. Suite à cela, Ekléanos décida d'imiter les Généraux et ordonna à son tour à ses hommes d'aller se coucher. Aux alentours de vingt-deux heures, le camp entier fut endormi et on n'entendit dans ses environs, que crépitement des torches qui l'éclairaient.

*
**

Le lendemain à six heures, le campement fut de nouveau éveillé et on sonna immédiatement le moment du départ. Les soldats impériaux et les Drakons se mirent en marche vers Ostilion, emportant avec eux les catapultes trainées par des chevaux et les balistes soigneusement rangées sur des charrettes. Après une heure de chevauchée, ils arrivèrent enfin à Ostilion. Les Drakons qui avaient fait le choix de rester sur place, semblaient attendre des renforts depuis un moment. Un groupe s'approcha alors en courant et en poussant des exclamations enthousiastes. « Chef ! Chef ! Vous êtes revenus ! Vous n'avez pas idée à quel point nous sommes heureux de vous revoir. » Ekléanos s'apprêta à répondre qu'il était tout aussi euphorique, mais il entendit une voix ajouter d'un ton ironique : « Tu es venu bien accompagné à ce que je vois.

- Eh oui Balkar, il se trouve que nous avons croisé la route de ces vingt mille soldats et que nous leur avons exposé la situation. Ils ont tous accepté de venir t'aider, toi et ton obstination sans faille.

Les deux hommes échangèrent un sourire. Malgré son apparence enjouée, Balkar était en vérité bien soulagé de voir revenir son ami avec de si grands renforts.

- Je sais bien que tu me reproches d'être resté et je comprends cela Ekléanos, cependant aie la franchise de constater que tout s'est finalement bien passé. Nous n'avons pas subi d'attaque et te voilà qui reviens accompagné par des milliers de soldats.

\- Il est vrai que tu as eu de la chance mais les choses auraient pu se passer autrement. Enfin, nous n'allons pas passer la matinée à en débattre. Oublions ce léger différent et concentrons-nous sur la raison qui fait que nous sommes ici. »

Balkar, Fakios et Hiaalmar hochèrent la tête en signe d'approbation et s'en allèrent rejoindre les Généraux. Balkar dut donc se présenter aux trois officiers et ces derniers ne manquèrent pas de saluer le courage dont il avait fait preuve en restant à Ostilion seulement entouré d'une cinquantaine de soldats. Radah lui expliqua son plan de défense, avec autant de précisions que lorsqu'il s'était adressé au Chef des Drakons. Hiaalmar et Fakios purent donc entendre d'eux-mêmes la stratégie du général, en effet Ekléanos leur en avait brièvement touché deux mots mais cela n'avait pas suffi à contenter la curiosité des deux Drakons. Après cela, les Généraux ordonnèrent qu'on mette les catapultes et les balistes en position de tir. Si un homme ordinaire avait pris la peine de contempler la légion de soldats armée jusqu'aux dents qui se dressait derrière la muraille, il aurait certainement pensé que nul n'aurait pu la vaincre. Malgré le fait que certains Drakons s'émerveillaient du nombre considérable de soldats, ce dernier était bien insuffisant pour espérer vaincre l'ennemi qu'ils allaient devoir affronter. Mais il résidait un espoir dans le cœur d'Ekléanos : avec un peu de chance Sohort ne mobiliserait pas son armée entière dans l'attaque de la muraille…

CHAPITRE IV

LA CHUTE D'OSTILION

Quatre jours s'étaient écoulés depuis que la Rmark-Empra avait établi son nouveau campement à Ostilion. Plus le temps passait, et plus Ekléanos commençait à s'apercevoir de l'anxiété de certains soldats. L'ambiance heureuse et détendue qui régnait sur le camp la veille avait complètement disparu. Devoir attendre, sans savoir ni quand ni comment le combat débuterait ne faisait qu'assombrir l'humeur, déjà ombrageuse, des soldats. Malgré l'enthousiasme apparent dont ils avaient tous fait preuve il y a à peine quelques heures, et la formation militaire qu'ils avaient tous reçue, aucun d'entre eux ne pouvait sourire désormais et faire comme si de rien n'était. De plus, ils n'avaient pas oublié l'insuffisance de leurs effectifs, qui constituait un désavantage significatif dans le combat à venir contre les Orques. Cette situation défavorable évoquait au chef des Drakons le début d'une partie de jeu de cartes : une fois la partie commencée, il est impossible de faire machine arrière et ce, même si votre main est médiocre. Les soldats de la Rmark-Empra étaient dans une situation similaire : ils étaient conscients qu'ils n'avaient pratiquement aucune chance de l'emporter, cependant leur devoir les contraignait à se battre. Même si la plus grande majorité redoutait le moment qui sonnerait le début du combat, certains paradoxalement souhaitaient en finir au plus vite et faire face. Heureusement, les Drakons étaient là pour leur remonter le moral. Ils savaient y faire avec ce genre de situation. La formation qu'ils suivaient quand ils entraient dans l'Ordre, leur apprenait à ne jamais désespérer, à ne jamais baisser les bras. Ekléanos, qui avait reçu les enseignements d'un Drakon dès l'âge de six ans, était particulièrement sensible à cet état d'esprit. Depuis plusieurs minutes, assis sur un tonneau, il écoutait un groupe de soldats se morfondre sur leur sort. Il décida finalement d'intervenir, en tentant de les remotiver.

« Messieurs, depuis tout à l'heure je vous entends parler, en répétant sans cesse des mots comme « défaite », « impossible », « massacre ». Je vois que ce combat qui approche à grand pas vous fait peur, que vous pensez n'avoir aucune chance de vous en sortir. Je ne suis peut-être pas un soldat au même titre que vous et peut-être serait-ce mal avisé que je vous donne ce conseil mais je vous prie de l'écouter. » Sa simple parole d'encouragement se transforma peu à peu en un discours plein d'ardeur. A cet instant, les soldats tout autour cessèrent leur discussion pour venir écouter le message que tentait de transmettre le chef des Drakons. « Avoir peur, c'est un sentiment naturel et cela n'a rien de honteux. Ce qui est mal en revanche, c'est de se désespérer. Vous avez le droit d'avoir peur de ce combat mais pas de vous imaginer le perdre. Certes, notre ennemi est plus nombreux mais c'est certainement le seul atout dont il dispose sur nous. Vous êtes des soldats, vous avez été formés pour faire la guerre, pour faire face à ce genre de situation. Accepter une défaite qui ne s'est pas encore produite, ce serait offrir une victoire assurée à Sohort, et je suis sûr qu'aucun d'entre vous ne désire cela, parce qu'il n'est pas seulement question de nos vies, de celles des Orques et celle de ce Magicien. Au nord, il y a notre pays, nos familles, tout ce qui est le plus cher à nos yeux. Accepter d'avance la défaite reviendrait à faire une croix sur tout cela. Il ne sert à rien de se morfondre sur son sort, acceptez la situation telle qu'elle se présente et réfléchissez au meilleur moyen d'y faire face : avec désespoir et appréhension ou bien avec motivation et courage. Je ne peux pas vous faire changer d'état d'esprit, vous seuls en êtes capables. Les clés de la victoire sont donc entre vos mains. » Ekléanos regarda autour de lui : de nombreux soldats qui avaient entendu ses propos acquiescèrent d'un hochement de tête. L'un d'entre eux s'exclama : « Le chef des Drakons a raison. Regardez-nous, à pleurnicher la mine basse. On est des soldats, et on va se battre par Délia ! On va se battre pour les Drakons, pour l'Arganon et pour l'Empereur ! ». Tous les soldats poussèrent alors des exclamations et des cris en signe d'approbation. Le chef des Drakons avait réussi à insuffler la flamme de l'espoir dans le cœur des soldats. C'était une de ses qualités principales : il savait comment s'y prendre pour motiver les troupes, pour trouver les bons gestes, les bons mots. Les Généraux Radah, Küden et Cetm sortirent alors de la tente de commandement. Radah donna une tape dans le dos d'Ekléanos. Ce dernier avait l'air à la fois fier et heureux. « Merci beaucoup Ekléanos, vous avez su redonner l'espoir à ces soldats que je n'attendais plus. Nous ne pouvons que nous réjouir de compter parmi nos rangs un homme si sage et habile que vous. Je peux vous assurer que l'Empereur entendra parler de ce discours dans les moindres détails. » Ekléanos sourit à son tour puis, se pencha pour pouvoir lui dire à voix basse. « Avant que cela n'arrive, il faudra encore que nous survivions à la prochaine bataille. » Radah reprit un air sérieux et hocha la tête. « Bien entendu. » Le chef des Drakons s'apprêta à s'en aller et finit par ajouter : « Mais ne me croyez pas désespéré. J'ai pensé chaque mot que j'ai prononcé.

- Je n'en ai pas douté une seule seconde… »

*
**

L'après-midi qui s'en suivit fut assez agitée. Les gardes devaient rester à leurs postes mais cela ne les empêcha pas de discuter du discours d'Ekléanos pour autant. Les Drakons, quant à eux, étaient emplis d'un sentiment de fierté et n'avaient plus aucune raison de douter. Ekléanos était sans aucun doute le meilleur chef que l'Ordre ait jamais connu et les Drakons avaient tous l'impression qu'ils étaient prêts à le suivre peu importe où il irait. Tous semblaient avoir retrouvé une bonne humeur mais un évènement imprévu sembla inquiéter Ekléanos, sans que personne ne comprenne pourquoi. Le Général Radah décida donc d'aller s'entretenir avec le chef des Drakons qui se trouvait sur les remparts, le regard perdu vers le sud. « Vous voulez savoir pourquoi je suis inquiet ? Ne voyez-vous donc rien ? » Radah observa attentivement les Terres Désolées puis le campement de la Rmark-Empra. « Ma foi, les soldats ont l'air plus qu'enthousiastes, et il n'y a pas le moindre signe d'une quelconque armée Orque. » Ekléanos fit un signe de tête, comme s'il attendait du Général qu'il en tire sa propre conclusion. Comme ce dernier ne disait rien, il tenta de le mettre sur la voie. « Général, puis-je vous poser une question ? Que voyez-vous au-delà de la muraille ? » Radah se tourna à nouveau en direction des Terres Désolées, à la recherche d'une menace potentielle. Son constat fut néanmoins le même. Il ne comprenait toujours pas ce qui inquiétait le Drakon. « Eh bien Ekléanos, il n'y a rien d'inquiétant au-delà de la muraille, je ne vous comprends pas. Ne pourriez-vous tout simplement pas m'expliquer ce qui vous met dans cet état ?

- Il n'y a rien d'inquiétant, vraiment ? Mais comment pouvez-vous l'affirmer alors que les Terres Désolées sont recouvertes par ce brouillard ?

Ekléanos accentua le mot brouillard comme pour lui donner de l'importance.

- Le brouillard vous inquiète ? Cela n'est-il pas un peu superstitieux ?

Le chef des Drakons soupira puis déclara finalement :

- Bon, je vais tout vos expliquer. Premièrement je n'ai vu ce type de brouillard que dans deux lieux : les Plaines Grises et les Terres Désolées. Sachant que ces lieux sont tous les deux habités par des Magiciens, ou du moins l'était pour les Plaines Grises, que pouvez-vous en conclure ? Que ce brouillard est un sort lancé par les Magiciens pour dissimuler leur existence. Ainsi, alors que nous sommes confortablement installés à attendre l'armée de Sohort, il se pourrait en fait qu'elle soit juste sous notre nez, dissimulée par ce brouillard.

Le Général Radah sembla extrêmement choqué. Il descendit les escaliers quatre à quatre, suivi de près par Ekléanos qui le suivait en courant. Le Général s'exclama en panique :

- Depuis combien de temps ce brouillard est-il là ?
- Trois heures, peut-être plus.

Radah se mit en colère.

- Trois heures et pourquoi ne pas m'avoir expliqué tout cela plus tôt ?

Ekléanos qui s'attendait pertinemment à ce genre de question, répondit.

- Et qu'auriez-vous donc fait Général ? Tirer avec des catapultes sur des ennemis que nous ne voyons pas ? Vous ne pouvez rien faire, du moins rien de plus que ce que nous faisions jusqu'à maintenant, attendre.

Le Général courrait dans tout le camp comme si cela pouvait lui permettre de trouver une solution.

- Peut-être existe-t-il un moyen de dissiper ce brouillard, si je peux trouver quelques alchimistes…

Ekléanos le coupa.

- J'y ai réfléchi moi aussi, mais ce brouillard est un brouillard magique, pas naturel. Il se dissipera probablement à la tombée de la nuit et avec un peu de chance, l'armée Orque sera loin de nous, ou du moins à portée de nos catapultes.

Radah s'arrêta de courir. Il soupira et prit le temps de respirer. Il répondit avec déception.

- Vous avez raison Ekléanos, nous ne pouvons rien faire de plus et je suis désolé de m'être énervé contre vous. Vous n'y êtes pour rien. Puisse Délia faire en sorte que vous ayez raison. »

Ekléanos conscient de la déception du Général, l'invita à aller se reposer et lui promit de le tenir informé, si les guetteurs repéraient quoi que ce soit. Puis le Drakon alla s'asseoir sur une chaise, au milieu du camp, sur laquelle il attendit le signalement des sentinelles. Il espérait que ce dernier arriverait le plus tard possible mais quoi qu'il arrive, il allait devoir se battre : la bataille était proche…

*
**

Le soleil se couchait, faisant disparaitre avec lui le brouillard. Il se dissipa peu à peu et Ekléanos se rendit sur les remparts pour observer cet étrange phénomène. L'horizon paraissait encore flou, mais le Drakon put apercevoir quelque chose. Une immense masse noire se déplaçait vers eux. Les Orques dans leur progression produisaient un vacarme assourdissant et bientôt tout le camp fut informé de leur arrivée imminente. Les guetteurs hurlèrent : « Général Radah, les Orques approchent ! » Le Général bondit hors de sa tente, il dégaina son épée et mit son casque. Radah ordonna à tous les soldats de se mettre en position. Les catapultes avaient été chargées à l'avance. Elles pivotèrent d'arrière vers l'avant, en balançant d'énormes rochers enflammés. Les projectiles atteignirent leurs cibles. Des dizaines d'Orques furent écrasés par les rochers et nombre d'entre eux se mirent à brûler. La vue de plusieurs de leurs congénères brûlés et écrasés par les projectiles ne sembla pas arrêter les Orques pour autant. Au contraire, cela renforça leur détermination à s'emparer de la muraille. Les Drakons arbalétriers se mirent en position et lorsque les Orques furent à portée, ils firent feu, accompagnés par les balistes. Les vingt-deux mille soldats se tenaient prêts en cas de brèche. Ekléanos quitta alors les remparts et se positionna sur un monticule en arrière, afin de pouvoir observer la progression des Orques, à l'abri des tirs. Les catapultes quant à elles, entamèrent une nouvelle volée de tirs. À nouveau, des dizaines d'Orques furent tués pendant que d'autres continuaient d'avancer. Ce fut au tour des soldats de Sohort de riposter. Des archers positionnés en arrière firent feu, abattant ainsi de nombreux soldats qui attendaient derrière la muraille. Malgré ces flèches qui les menaçaient, les soldats de la Rmark-Empra restèrent en position. Et pendant plus d'une heure, les échanges de tirs se répétèrent. Les catapultes tiraient, suivies par les balistes accompagnées des arbalétriers, et enfin les Orques ripostaient avec plusieurs volées de flèches. Ce spectacle aurait pu durer des heures mais les deux camps n'attendaient qu'une seule chose : que la muraille soit percée. Ekléanos ne comprenait pas la stratégie des Orques : ils ne semblaient avoir apporté aucun engin qui aurait été capable de percer la muraille et malgré cela, ils continuaient leur progression, se rapprochant peu à peu des fortifications. Ses soupçons furent soudainement interrompus par le jet d'une immense pierre en feu, qui se dirigea droit sur la muraille. Les yeux du Drakon s'affolèrent et cherchèrent partout une quelconque machine capable de balancer de tels projectiles. Il l'aperçut enfin et fut énormément surpris : la catapulte qui venait de tirer était presque deux fois plus grande que celles de la Rmark-Empra, et plus incroyable encore, c'était des Kodrug et non des Orques qui assuraient son fonctionnement. Ekléanos, depuis le début de la bataille n'avait cessé de se demander à quel moment ces créatures interviendraient dans l'affrontement, désormais, il avait sa réponse. Sous ses yeux ébahis, une dizaine de Kodrug placèrent une immense pierre sur une plateforme servant à charger la catapulte. Le projectile devait bien peser des centaines de kilos mais les Kodrug avaient l'air d'être dotés d'une force surhumaine. Ils parvinrent à charger la pierre dans la catapulte et allaient s'apprêter à tirer quand un Kodrug vêtu d'une armure sombre et d'un casque à corne les arrêta. Il approcha sa main de la pierre et sembla prononcer une incantation magique. La pierre s'enflamma aussitôt, puis il pointa son doit vers la muraille et cria : « *Fuaco[1]* ! ». Ekléanos se demanda pourquoi le Kodrug parlait en Arganien et non en Moridwan mais il n'eut pas le temps de trouver la réponse à cette question. Le projectile atteignit les remparts de plein fouet. Ces derniers tremblèrent à nouveau et les soldats postés dessus s'écroulèrent. Ekléanos se reconcentra sur la muraille et il put constater que les deux projectiles avaient grandement endommagé l'édifice : une faille s'était formée. Il pouvait presque apercevoir l'armée Orque de l'autre côté mais elle était trop fine pour qu'un soldat puisse se glisser à l'intérieur. Le Drakon s'empressa d'aller prévenir le Général Radah : « Général, il y a une faille dans la muraille ! Si nous essuyons encore un tir de catapulte je crains qu'elle ne s'effondre. Il faut faire quelque chose ! » Le Général regarda les alentours d'un air paniqué comme si quelqu'un d'autre allait venir lui apporter de l'aide. Puis il se tourna face à Ekléanos et hurla à son tour : « Il n'y a rien à faire de plus, à moins que

---

1. Feu !

vous ne sautiez par-dessus la muraille, que vous traversiez cette armée d'Orque et que vous courriez tuer ces Kodrug !

- Peut-être qu'avec un peu de chance, nos catapultes pourraient viser la catapulte ennemie et ainsi les empêcher de tirer à nouveau !

Le Général courut pour se rendre auprès des balistaires. Il leur exposa le plan d'Ekléanos mais ces derniers ne parurent pas très enthousiastes.

- Vous savez ces engins ne sont pas très précis. Nous pourrions bien essayer, mais si jamais nous ratons notre tir, ce sera un projectile de gaspillé. Déjà qu'on ne croule pas sous les munitions…

Ekléanos réfléchit puis s'adressa au balistaire.

- Selon vous dans combien de temps pourraient-ils tirer à nouveau ?

Le balistaire répondit instantanément.

- Eh bien en tenant compte de la taille du projectile et de la plateforme de chargement que vous m'avez décrite, je dirais une quinzaine de minutes. »

Ekléanos regarda alors le Général d'un air inquiet. Lui-même ne semblait pas très convaincu par son idée mais il n'avait pas le choix. Il demanda au balistaire combien de projectiles les catapultes pourraient tirer en quinze minutes, et celui-ci répondit que malgré la taille plus réduite de leurs projectiles, le chargement était plus long en raison de l'absence de plateforme de charge. « Deux catapultes sont déjà chargées mais nous ne pourrons pas armer les autres en quinze minutes. C'est le mieux que je puisse faire. » Le Général ordonna au balistaire de faire feu sur la catapulte ennemie, Ekléanos quant à lui courut se remettre en position. La catapulte positionnée le plus à l'ouest fit feu. Ekléanos suivit la trajectoire du rocher enflammé et celui-ci vint s'écraser à quelques mètres à peine de l'engin de siège ennemi. Pendant ce temps les Kodrug s'étaient affairés, et ils n'étaient plus qu'à une dizaine de mètres de la plateforme de chargement. La deuxième catapulte changea d'angle de tir, puis le balistaire vérifia que tout était prêt. Une volée de flèches tirée par les Orques s'abattit alors sur cette dernière. En effet, la machine de guerre en question était celle qui était positionnée le plus prêt de la muraille. Le balistaire fut tué sur le coup et le temps de trouver quelqu'un pour le remplacer, la catapulte ennemie avait eu le temps d'être chargée. Le Général Radah hurla au balistaire de faire feu sur le champ : un balistaire s'exécuta. Ekléanos crut d'abord que le projectile était parti de travers mais ce dernier se précipita droit sur son objectif. Les Kodrug se préparaient à tirer. Ekléanos s'apprêtait à hurler de joie : rien ne pouvait sauver la machine de guerre ennemie. Cependant les espoirs du Drakon s'effondrèrent soudainement, lorsque ce dernier vit le projectile ralentir dans les airs et changer de trajectoire. Ekléanos ne comprenait pas ce qui avait pu se produire quand soudain, il aperçut un Kodrug faisant des gestes avec sa main. Il ne put expliquer comment mais en utilisant la magie, ce Kodrug avait réussi à modifier la trajectoire du rocher. Le Drakon se rendit alors compte que la catapulte ennemie avait tiré à son tour. C'était trop tard, plus rien ne pourrait empêcher ce projectile d'atteindre sa cible. Cette fois la muraille ne résista pas, les tours de guet s'effondrèrent puis les remparts et enfin la base de la muraille. Nombre de

Drakons et de soldats impériaux furent tués. Ekléanos quant à lui, n'eut aucun temps de répit. Les Orques foncèrent droit sur eux en courant l'arme à la main mais ils se heurtèrent à vingt-deux mille soldats impériaux qui ne lâchaient pas prise. On n'entendait que le bruit des hurlements résonner : certains de rage, d'autres de douleurs. Les Orques étaient sans pitié et ils tuaient tous ceux qui se dressaient en travers de leur route. Animés par la haine, ils n'accordaient nulle attention à ceux des leurs qui périssaient. Les soldats impériaux à l'inverse, essayaient de trainer les blessés loin du combat tant bien que mal et portaient des coups plus précis et plus réfléchis. Les Orques se contentaient de frapper droit devant eux et lorsqu'ils abattaient un ennemi, ils ne prenaient même pas le temps de vérifier s'il était mort. Les soldats impériaux blessés rampaient au sol, se faisant piétiner par les Orques. Et lorsque, par malheur, un Orque se rendait compte qu'un soldat s'en était sorti et qu'il rampait à ses pieds pour ne pas mourir écrasé et noyé dans son propre sang, il se contentait de lui asséner un ultime coup d'épée dans le dos. Au milieu de ce carnage les Drakons ne semblaient pas à leur place. Pour le moment aucun n'avait été tué dans le combat à l'exception de ceux qui avait péri lors de l'effondrement de la muraille. Les Généraux paraissaient désespérés : rien ne se produisait comme ils l'avaient prévu. Les Orques étaient inarrêtables et leurs pertes étaient pour l'instant, bien moins élevées que celles de la Rmark-Empra. Heureusement, les Drakons semblaient avoir sauvé la situation. Ces derniers avaient attendu que les Orques avancent pour pouvoir les attaquer sur les flancs, là où ils étaient les plus vulnérables. L'étau se resserrait autour des soldats à peau verte. Bientôt, on eut presque l'impression que les Orques étaient encerclés. Ils ne savaient plus où donner de la tête et jusqu'alors, ils n'avaient appliqué aucune réelle stratégie. Radah, Cetm et Küden semblaient s'en réjouir du haut de la colline où se situait la tente de commandement. De là où ils étaient, ils avaient une vue imprenable sur la bataille. Mais les Orques ne tarderaient pas à progresser à nouveau et ils finiraient par atteindre leurs tentes. Alors les Généraux commencèrent à rassembler leurs effets. Ils rassemblèrent leurs cartes, notes et autres papiers stratégiques dans un sac et ordonnèrent à un cavalier de partir avec et de prévenir l'Administrateur de Fortgund de l'arrivée imminente des Orques. La nuit était maintenant tombée et le seul lieu éclairé était la tente de commandement. De nombreux Orques se précipitèrent vers les Généraux mais périrent sous leurs coups. Les trois officiers repoussèrent les attaques des soldats de Sohort vagues après vagues. Cependant, ils n'eurent pas le temps de rejoindre leurs hommes, à chaque pas qu'ils faisaient en avant, ils devaient en faire deux en arrière pour esquiver les attaques des créatures vertes. Le Général Radah semblait à bout de forces et il n'aurait pas tenu longtemps si les Orques ne s'étaient pas repliés. Ils semblaient désormais concentrer le gros de leur force vers les Drakons qui les avaient pris à revers et rapidement le piège mis en place par Ekléanos fut déjoué. De nouveau les soldats impériaux et les Drakons se rassemblèrent pour former une masse de courageux guerriers. Ce changement brutal de situation permit au reste de l'armée Orque, restée en retrait, de progresser. La vallée d'Ostilion se retrouva alors envahie par des forces ennemies, déterminées à avancer. Les soldats impériaux eurent beau essayer de freiner les Orques, ceux-ci continuaient de progresser. Et bientôt, il devint impossible à quiconque de passer de l'autre côté de la vallée, car celle-ci était entièrement remplie de soldats Orques. Alors que les Généraux s'apprêtaient à mettre feu à leurs tentes, pour ne rien laisser derrière eux, ils entendirent des pas s'approcher. Ils s'attendaient à voir surgir des dizaines d'Orques qui revenaient à l'assaut, mais un seul guerrier apparut : le Kodrug vêtu de l'armure sombre et du casque à corne, qui semblait être le commandant de l'armée Orque et le représentant de Sohort dans la bataille. En effet, nul ne le savait alors mais le Magicien, soucieux de pouvoir constater l'avancée de son invasion, avait fait en sorte de pouvoir utiliser les yeux de ses esclaves squelettiques, comme s'il s'agissait des siens. Cela lui permettait de pouvoir transmettre des ordres à ses généraux, s'il en ressentait le besoin. Le Chef Kodrug s'avança, une épée dans chaque main. Le Général Radah se demanda comment le Kodrug avait pu parvenir jusqu'à lui sans être intercepté par un soldat impérial, mais peut-être que le chaos était tel que nul ne l'avait vu se diriger vers les officiers supérieurs. Le Kodrug quant à lui avait l'air de vouloir se battre de général à général. Il parla en Arganien : « *Batra er*[2] ! » Alors les Généraux saisirent leurs épées et leurs boucliers et

---

2. Bâtez-vous !

s'approchèrent du Kodrug. Celui-ci frappa en premier, il parvint à entailler le bras de Küden. Le Général hurla de douleur et se jeta sur le Kodrug. Le guerrier squelette repoussa toutes ses attaques et parvint, par un habile jeu de main, à désarmer Küden. Le Général se retrouva debout devant le Kodrug, sans savoir que faire. Alors par élan de courage, il se jeta sur le Kodrug et parvint à le faire tomber. Le Kodrug lâcha ses deux épées, l'une tomba à portée de main mais l'autre glissa et dévala la colline. Küden se retrouva sur le Kodrug et le frappa à plusieurs reprises. Après plusieurs coups, le Général s'arrêta, épuisé. Le Kodrug en profita pour saisir son épée et transpercer Küden plusieurs fois. Le Général s'écroula, sans vie. Les deux Généraux Radah et Cetm foncèrent sur le Kodrug, espérant venger la mort de leur camarade. Mais le Kodrug abattit son épée sur Cetm et celui-ci fut tué instantanément par le coup, la lame s'étant enfoncée dans son crâne. Radah quant à lui se retrouva à terre, privé de son arme. Alors il effectua un saut afin de dévaler la pente de la colline et récupérer l'épée du Kodrug. Le squelette qui avait observé les mouvements de Radah, imita l'officier de la Rmark-Empra, réalisa un incroyable bond et se retrouva juste devant l'épée. Mais le Général avait été plus rapide et avait saisi l'arme à la seconde même où il était arrivé en bas. Le Kodrug tendit soudainement la main vers lui et prononça des paroles inintelligibles. L'épée sauta des mains de Radah et se retrouva dans celle du Kodrug. Radah poussa un juron : « Bordel, mais qu'est-ce que t'est… » Le Kodrug ricana : le rire ne semblait pas venir de lui mais de quelqu'un d'autre. C'était Sohort qui riait de l'intérieur de sa tour et il s'exprima par l'intermédiaire du Kodrug : « Voilà ce qui attend ceux qui se dresseront en travers de ma route. » Radah répondit d'une voix ironique : « De quoi parlez-vous ? Je tiens à vous rappeler que je suis encore en vie, foutu Magicien ! » Sohort ricana et parla d'une voix rauque : « Plus pour très longtemps. » Et sitôt ces paroles prononcées, le Kodrug fit un pas vers le Général, tendit son épée en l'air et comme pour démontrer ce qu'avez dit Sohort, trancha la tête de Radah. Celle-ci fendit les airs et vint atterrir au pied d'un Drakon. Celui-ci poussa un hurlement et courut prévenir tant bien que mal Ekléanos. Pendant ce temps, le Kodrug monta la colline, saisit le drapeau de l'Empire qui avait été planté près de la tente et hurla : « Rendez-vous, humains ! Vos généraux sont morts ! Vous êtes sans chef, plus personne ne vous guidera dans cette bataille ! » Suite au discours de Sohort, qui continuait de parler par le biais du Kodrug, Ekléanos leva les yeux vers la tente de commandement. Les Orques cessèrent d'avancer et se contentèrent de menacer les soldats et les Drakons, avec leurs armes. Balkar s'avança et vint se placer aux côtés d'Ekléanos. Fakios et Hiaalmar l'imitèrent. Les Drakons semblèrent se regrouper pour pouvoir mieux être identifiés aux yeux des Orques. Balkar s'avança à nouveau et s'adressa au commandant de l'armée ennemie : « Tu parles un peu trop vite Kodrug ! Il y a encore un chef parmi nous, et le voici : Ekléanos, le chef des Drakons. » Les yeux du Kodrug semblèrent s'enflammer de colère et Sohort disparut aussitôt de l'esprit du squelette, en lui laissant l'ordre de tuer ce fameux chef des Drakons. Le Kodrug se tourna en direction de ses congénères qui se situaient derrière les Orques et hurla « *Asad elis[3]* ! » Aussitôt les Orques et les Kodrug reprirent leur marche et attaquèrent à nouveau la Rmark-Empra. Hiaalmar profita du fait que les Drakons se trouvaient momentanément à l'écart pour interpeller

---

3. Tuez-les !

Ekléanos : « Chef, que fait-on ? Nous devons nous replier ! » Le chef des Drakons regarda autour de lui. Le chaos régnait, les Orques massacraient à nouveau, au fur et à mesure qu'ils progressaient. Les soldats impériaux semblaient perdus. Hiaalmar avait raison. Il n'était peut-être pas général de la Rmark-Empra mais il ne pouvait pas laisser ces soldats mourir. Il s'adressa à Fakios « Fakios, cours vite chercher un officier de la Rmark-Empra. Un sergent, un capitaine, peu importe. Tache de trouver quelqu'un.

- Oui chef !

Fakios partit aussitôt et plongea à nouveau dans la mêlée. Quelques minutes plus tard, il revint avec deux soldats impériaux.

- Capitaine Lucas et Sergent Ojia à votre service.

Ekléanos exposa la situation aux officiers.

- Écoutez-moi : je dirige les Drakons et je pense que nous devrions battre en retraite, mais nous devons effectuer des mouvements coordonnés. Je ne compte pas vous laisser seuls ici, seulement, je ne suis pas en mesure de commander votre armée, alors il faut que vous preniez une décision. Restez-vous ici, ou battez-vous en retraite avec nous ?

Le Capitaine et le Sergent échangèrent un regard. Les deux soldats semblèrent s'être mis d'accord sans même avoir échangé une parole. Le Sergent Ojia répondit.

-   Si nous restons ici, nous allons tous y passer. Nous devrions nous replier afin de pouvoir réorganiser les troupes. En revanche, aucun d'entre nous n'est habilité à prendre une telle décision.

Ekléanos réfléchit.

-   Quel est l'officier le plus gradé, que l'on puisse encore trouver ?
-   Avec de la chance, vous trouverez peut-être le Capitaine des Forces Armées. Normalement c'est lui qui est censé diriger la forteresse.

Ekléanos sembla retrouver une étincelle d'espoir, mais il se souvint alors de quelque chose, qui sembla le contrarier.

- Vous étiez à Ostilion avant ? demanda-t-il aux deux officiers

Le Capitaine sembla trouver la question étrange mais il se contenta de répondre.

- Non. Nous étions en poste à Ciodera.

Ekléanos lâcha un soupir et se mit les deux mains sur le visage. Les deux officiers qui ne comprenaient rien à la situation, lui demandèrent pourquoi leur lieu d'affectation était si important.

- Si vous n'étiez pas en poste à Ostilion, cela veut dire que vous n'étiez pas présent lors de l'attaque du Dragon. Tout le monde m'a dit que pendant l'attaque, un Capitaine avait été dévoré par la bête et je crains qu'il ne s'agisse en fait du Capitaine des Forces Armées.

Le visage du Sergent se figea. Le Capitaine, qui comprit qu'il ne pouvait plus rien attendre de son collègue, prit la parole.

- Vous savez, on vous a dit *qu'avec de la chance* vous pourriez le trouver mais si vous cherchez plus haut gradé que moi, vous trouverez peut-être un Commandant. Cela dit, je ne suis pas certain qu'un seul Commandant puisse ordonner quoi que ce soit à trois légions différentes, selon la hiérarchie de la Rmark-Empra. Mais les soldats ne sont pas stupides. Ils savent que si nous restons, nous ne verrons pas le jour se lever. En réalité, le repli semble être la seule option viable. Il suffirait qu'un seul d'entre nous ordonne une retraite, pour que les soldats se plient à cet ordre. Cependant, les conséquences seront graves, pour le soldat audacieux qui donnera cet ordre sans y être autorisé.

Le Sergent sursauta et fixa Ekléanos et le Capitaine.

- De toute manière, on n'a pas vraiment le choix. Si on reste, nous sommes tous morts. Plus le temps passe, et plus nos possibilités de replis se réduisent. Quant à savoir s'il faut oui ou non, outrepasser la hiérarchie pour sauver ces légions, je crois que la question ne se pose pas. Il vaut mieux passer outre, en ordonnant une retraite, plutôt que de tenter de fuir au compte-goutte.

Le Capitaine Lucas lâcha un soupir puis se tournant vers l'armée, il conclut :

- Très bien, je vais le faire. Préparez-vous à battre en retraite. »

Le Sergent rejoignit son supérieur. Ekléanos quant à lui, ordonna à ses hommes de se préparer. Tous les Drakons furent prêts à partir et ils n'attendaient plus que le signal du Capitaine. Et soudain, ils entendirent tous le son d'une corne puis un homme hurla « Retraite ! Repliez-vous vers le nord, suivez les Drakons ! » Les soldats impériaux cessèrent de combattre et se retournèrent prêts à partir. Puis les Drakons, à cheval, vinrent se placer en barrage. Ekléanos hurla : « Avancez, on va retenir les Orques le temps que vous puissiez les distancer ! » Les soldats obéirent, soucieux de rester en vie et coururent le plus vite possible en direction du nord. Les Orques tentèrent de les suivre mais ils furent stoppés par les cavaliers Drakons. Ils n'eurent d'autre choix que de se replier à leur tour. Nombre d'Orques furent piétinés par les chevaux et certains fuirent même devant la vision de ces créatures étranges qu'ils n'avaient jamais vues de leur vie. Les Drakons permirent donc aux soldats de la Rmark-

Empra de se replier. Une fois qu'ils eurent constaté que les Orques abandonnaient leur poursuite, les Drakons se replièrent à leur tour, en laissant derrière eux, une trainée de cadavres. Orques, soldats impériaux et Drakons avaient péri au cours de cette bataille et Ekléanos s'en souviendrait pour le restant de ses jours…

CHAPITRE V
LA STRATÉGIE DU GÉNÉRAL

Les soldats impériaux, précédés par les Drakons, couraient comme si leurs vies en dépendaient. Cela faisait une heure qu'ils avaient quitté Ostilion et ils avaient déjà parcouru une trentaine de kilomètres. La plupart des soldats n'en pouvaient plus, mais ils ne voulaient pas s'arrêter. Les Drakons les encourageaient dans leurs efforts. Certains soldats en vinrent à envier les mercenaires, car ces derniers avaient eu le temps de récupérer leurs chevaux avant de partir, eux en revanche devaient accomplir le trajet à pied. Des membres de l'Ordre des Drakons proposèrent à des soldats épuisés de leur donner leurs montures, mais ils refusèrent par fierté. Ce qui inquiétait Ekléanos, c'était le sort que les Orques réservaient aux vingt mille chevaux qui avaient été abandonnés à Ostilion. Leurs carcasses rejoindraient probablement le garde-manger des créatures et cela fit frissonner Ekléanos de dégout. Il était heureux d'avoir pu récupérer son cheval à temps mais il était attristé de voir que les soldats impériaux étaient à bout de force. Il avait une certaine admiration pour eux. Ils étaient sans chef pour les mener, mais ils n'abandonnaient pas et pour cela Ekléanos les respectait. Il songea pendant un court instant à ce qui aurait pu se produire si les soldats de la Rmark-Empra étaient restés à Ostilion, privés de leur commandement. Les Orques n'avaient pas l'air d'être très organisés, contrairement à ce à quoi s'attendait le Drakon. Les Kodrug au contraire, semblaient avoir gardé leur sagesse de Magicien. Ekléanos avait été surpris par leur manière d'utiliser la magie. Il avait toujours été impressionné par cette science dont il ne savait rien, et si de simples Magiciens pouvaient projeter des flammes avec leurs mains ou déplacer d'énormes blocs de roche en plein vol, alors, il se demandait de quoi pouvait bien-être capable Sohort. Il avait réussi à accéder à l'immortalité et cela le Drakon le savait, et il se demanda s'il existait un point faible chez Sohort qu'il pourrait exploiter à l'avenir. Mais son esprit était brouillé, il avait du mal à se concentrer. La bataille l'avait épuisé et une longue chevauchée sans pause l'attendait. Cependant, il ne se plaignit pas : certains n'avaient pas eu la chance d'échapper à la mort cette nuit alors que, lui l'avait eu. Il pensa aux

Généraux qui étaient morts, après avoir combattu vaillamment. Rien ne semblait pouvoir arrêter les Kodrug. Ekléanos eut soudain l'impression que quelles que soient les actions qu'ils entreprendraient elles seraient toutes vouées à l'échec et aucune force au monde ne pourrait stopper l'invasion de Sohort. Le chef des Drakons ne voulait pas désespérer et surtout, il ne voulait pas que ses hommes le voient désespéré. Alors il chassa ces pensées négatives de son esprit. Aux yeux d'Ekléanos, le point faible de l'armée de Sohort était que le Magicien basait toute sa stratégie sur la supériorité numérique. Les rangs de l'armée Orque devaient être diminués à présent à cause de la longue bataille qu'ils avaient menée. Avec un peu de chance, en admettant que la stratégie de Radah s'avère efficace et cela Ekléanos n'en doutait pas, les Orques devaient avoir subi environ cinq mille, voir sept mille pertes, lors de la bataille d'Ostilion. Et si les prévisions d'Ekléanos étaient justes, les Orques devaient à présent se diriger vers Fortgund afin d'assiéger la ville. Confrontés à l'attaque de la cité, ces derniers n'auraient d'autres issues que de se battre sur deux fronts. D'un côté, les forces impériales de la ville qui étaient armées et prêtes à se défendre, et de l'autre, une armée de vingt mille soldats. Les pertes n'avaient pas été aussi catastrophiques que ce qu'Ekléanos pensait : deux mille cinq cents soldats avaient péri lors de l'attaque. Ce chiffre avait beau paraître énorme, cela était peu en comparaison des pertes subies par l'armée de Sohort. Les tirs de catapultes et de balistes avaient été très efficaces et le piège mis en place par Ekléanos pour prendre les Orques à revers avait été couronné de succès. La bonne stratégie défensive et le couloir d'étranglement qui s'était formé après l'écroulement de la muraille, avaient grandement avantagé les forces arganiennes. Finalement les Drakons et les soldats impériaux ne s'en sortaient pas si mal, et Ekléanos s'en réjouit. À la vitesse où ils allaient, ils devraient atteindre Ciodera d'ici cinq heures et cela permettrait aux soldats de se reposer un peu.

*
**

La région de Ciodera, située en bordure de la frontière naine, était assez semblable à celle de Vertforêt. Elle était plutôt boisée et les longues plaines qui la composaient, évoquaient les paysages de la région d'Anariene. Les arbres, en majorité des érables, semblaient avoir poussé de manière aléatoire, loin de la forêt de Gund, et la plupart avaient tombé leurs feuilles avec l'arrivée de l'hiver. La région qui était réputée pour son climat froid, avait connu des chutes de neiges : celles-ci avaient fondu mais certaines parties de la plaine en était toujours recouverte. Ekléanos ne voyageait pas beaucoup, et il ne s'était jamais rendu à Ciodera. Il eut le plaisir de redécouvrir la beauté de la région, comme bons nombres de Drakons. En cette époque de l'année, il était rare d'apercevoir des animaux dans les plaines, car tous allaient se réfugier dans la forêt de Gund, là où le climat était plus clément. Certains Drakons avaient pour habitude de chasser dans cette région, dès que venait le printemps : ils guidèrent donc le reste de la troupe jusqu'à Ciodera. D'ordinaire, la ville n'était pas protégée et il n'y avait pratiquement pas de gardes, mais en raison de la menace que courait toutes les villes de l'Empire, des remparts de fortune en bois avaient été érigés et une garnison de la Rmark-Empra s'était établie à l'intérieur du village. La ville était assez petite et ne comprenait que quelques maisons de pierre, construites grâce au commerce qui s'effectuait entre Nains et Humains. On accordait aux bâtiments de Ciodera, un style architectural particulier, mélange de celui des Arganiens et des habitants des montagnes. La plupart des Nains qui vivaient dans le village, étaient tailleurs de pierres. Les Humains, quant à eux, s'étaient spécialisés dans le commerce du bois. Le peu d'arbres qui se trouvaient dans la région, étaient coupés et taillés, afin de pouvoir servir de matériaux de construction. Les Nains apportaient des blocs de pierre, originaires de leur pays, afin de les échanger contre le bois local. Ce petit commerce qui s'effectuait, profitait à tous les habitants et avait permis à la ville de bâtir des maisons solides, fabriquées avec les matériaux locaux. En fait, Ciodera permettait à Golodruin, roi des Nains et à Donirion, de prouver que les deux peuples pouvaient cohabiter en parfaite harmonie et de manière profitable aux deux races. La plupart des citoyens arganiens, ne voyaient pas d'utilité à ce que les habitants de Moridwor aient une monnaie commune, mais Ciodera semblait faire exception. La ville s'était considérablement enrichie grâce à ce commerce interracial et les habitants espéraient bien en profiter encore longtemps. Les soldats et les Drakons n'auraient jamais pu tous rentrer à l'intérieur de la ville, aussi, les officiers les plus gradés et Ekléanos se mirent d'accord pour installer un camp de fortune, à l'extérieur de l'enceinte. Trois Commandants, dont Ekléanos ignorait l'identité, se détachèrent du reste de l'armée pour se diriger vers l'entrée de la ville. Ekléanos leur emboita le pas. Les Commandants furent surpris par l'arrivée du guerrier. « Que faites-vous ? » demanda l'un d'entre eux. « Eh bien, je ne suis pas officier à proprement parler, mais je pense que les Drakons doivent être informés de toutes les décisions prises. Je suis navré que les Généraux Radah, Cetm et Küden soient morts, mais jusqu'à présent ils m'ont toujours donné l'occasion de participer aux réunions stratégiques, et je ne vois pas de raisons que cela cesse. » Le Commandant qui avait interpellé Ekléanos, et qui semblait être le seul à vouloir lui adresser la parole, prit un air triste, puis il regarda autour de lui pour s'assurer que personne ne l'entendrait « C'est compréhensible. Je ne me suis pas présenté, je me nomme Marxos et ces deux Commandants se nomment Hujd et Sendor. » Les deux concernés saluèrent Ekléanos d'un hochement de tête. Marxos se tourna vers le Drakon, se pencha en avant et lui chuchota : « Pourrions-nous aller parler à l'écart ? » Ekléanos acquiesça et Marxos fit signe aux deux Commandants de continuer sans lui puis il réengagea la conversation « Je suis désolé du comportement de ces deux-là, mais ils n'ont pas encore digéré le coup de la retraite d'Ostilion. » Ekléanos fut surpris : jamais il n'aurait pu penser qu'un officier remette en question cette décision. La retraite était de loin la meilleure option qu'ils avaient et il ne comprenait pas qu'on puisse contester cela. « Que me reprochent-t-ils exactement ? Ce n'est pas moi qui ai ordonné la retraite, des soldats de la Rmark-Empra, en tout cas.

- À vrai dire, ils pensent que nos hommes auraient pu tenir un peu plus longtemps et que si les Drakons n'avaient pas battu en retraite, les soldats ne se seraient pas repliés à leur tour. Ils savent que l'ordre a été donné par un certain capitaine du nom de Lucas, mais ils vous en veulent à vous plus qu'à lui. Je sais que c'est difficile à comprendre mais il y a une certaine solidarité entre nous, les soldats de la Rmark-Empra et ces deux-là voient d'un mauvais œil l'aide apportée par les Drakons. À leurs yeux vous n'êtes que des mercenaires et ils considèrent que votre place n'est pas aux côtés de soldats professionnalisés. D'ailleurs vous êtes davantage des guerriers que des soldats. Dit comme cela la différence n'est pas flagrante mais il y en a une, je vous assure. »

Ekléanos réfléchit à tout ce que Marxos venait de dire, et il finit par tomber d'accord avec lui. Il avait raison : ils n'étaient pas des soldats. Ils avaient simplement été entrainés de force dans une guerre. Et en réalité le chef des Drakons n'était pas intervenu pour défendre son pays ou même donner un coup de main à la Rmark-Empra, il n'avait d'ailleurs pas grande aide à apporter. Neuf cents Drakons ne faisaient pas une grande différence en comparaison des cent mille Orques qu'ils étaient en train d'affronter, et Ekléanos le savait très bien. Non, il était intervenu dans cette guerre parce qu'il ne pouvait pas tolérer que des Drakons soient sacrifiés injustement. Il était intervenu dans le seul but de sauver les siens, et en un sens on aurait pu juger cette décision égoïste, mais maintenant que les Drakons s'étaient engagés à se battre, ils ne pourraient faire demi-tour. Ils allaient devoir combattre et même mourir aux cotés de la Rmark-Empra et cela Ekléanos se le reprochait. « Vous savez, j'étais reconnaissant au Général Radah, de m'expliquer ses plans et ses stratégies, comme si j'étais un officier ordinaire. Nous sommes engagés dans cette guerre et même si nous ne sommes pas des soldats, je pense que l'on devrait avoir notre mot à dire lorsque vous prendrez des décisions. Ce n'est pas que je veuille m'imposer mais nous sommes à vos côtés et les conséquences de vos choix s'appliqueront à nous aussi bien qu'à vos hommes. » Marxos hocha la tête. « Je comprends en effet, et je vous promets que je ferai tout mon possible non seulement pour que vous soyez tenu informé de nos plans, mais aussi pour que les autres finissent par vous considérer comme le véritable meneur d'hommes que vous êtes. » Ekléanos remercia le Commandant et les deux hommes échangèrent une poignée de mains. Le Drakon ne le savait pas encore, mais il venait de se faire un véritable ami et allié au sein de la Rmark-Empra. Les deux guerriers reprirent donc le chemin de Ciodera, en échangeant des conversations, sur ce qui avait mené Marxos à s'engager dans l'armée, où quels enseignements militaires il avait reçus. Ekléanos en apprit donc beaucoup sur son nouveau compagnon d'armes. Marxos était père de deux enfants, un garçon âgé de quatre ans et une fille âgée de sept mois. Il avait une femme et était marié depuis neuf ans. Ils formaient une famille heureuse et vivaient dans un village au nord d'Anariene du nom de Londano. Il en profita pour expliquer à Ekléanos, comment il était devenu Commandant. Tout d'abord, il s'était engagé dans la Rmark-Empra en tant que simple garde. Il avait contribué, à la fermeture d'un réseau de contrebande qui sévissait entre Londano et Anariene. Il avait ensuite été promu Lieutenant. Puis, il avait enchaîné plusieurs missions avec succès, grimpant lentement dans la hiérarchie, jusqu'à se faire remarquer par un Administrateur, qui l'avait finalement nommé Commandant. Cette ascension fulgurante lui avait valu les compliments de l'Empereur en personne. Lorsque Marxos se mit à parler de son souverain, Ekléanos resta pantois. Marxos semblait pourvu d'une admiration sans égard envers son Empereur. Ekléanos, plus pragmatique, ne voyait en Donirion qu'un souverain âgé, usé par son propre règne et pris au dépourvu par une guerre qu'il n'avait jamais voulue. Mais l'Empereur restait tout de même intelligent et rusé, et Ekléanos ne doutait pas qu'il saurait tirer cette guerre à son avantage. Il avait pleine confiance en son souverain, malgré le fait qu'il avait le sentiment que ce dernier ne lui disait pas toujours toute la vérité. Ce sentiment aurait été d'autant plus renforcé, s'il avait su que le Conseil Impérial avait été dissous mais pour l'heure, le Drakon l'ignorait.

Lorsque le Drakon pénétra dans la ville de Ciodera, accompagné par le Commandant Marxos, il eut la surprise de trouver la ville déserte. Les rues étaient vides et tous les bâtiments semblaient inoccupés. Ekléanos ne pensait pas que les habitants auraient fui si rapidement, mais après tout, Ostilion n'était qu'à une centaine de kilomètres de Ciodera et ces derniers avaient dû s'empresser de fuir vers le Royaume Nain. Certains étalages ornaient encore les devantures d'une rue marchande mais tous les produits semblaient avoir été dérobés. Ekléanos et Marxos parvinrent, après plusieurs minutes de marche, devant l'entrée de ce qui semblait être l'hôtel de ville. A l'intérieur, un camp avait été dressé et tous les meubles avaient été repoussés le long des murs. Au centre de la pièce, se trouvait un feu de camp, autour duquel étaient assis une dizaine de soldats. Tous portaient l'uniforme de la Rmark-

Empra mais aucuns n'adressèrent de regards aux deux nouveaux arrivants. Marxos, agacé de voir que personne ne venait les accueillir, toussota. Un soldat tourna la tête et s'apprêtait à retourner à ses occupations lorsqu'il se rendit compte qu'il avait affaire à un officier. Il se leva d'un coup, et bouscula du pied, ses compagnons, toujours assis à bavarder. Comme, ils n'avaient pas l'air de vouloir bouger, le soldat s'approcha de Marxos et dit haut, pour que tout le monde puisse l'entendre « Au rapport, Commandant ! » Les autres soldats se levèrent d'un coup et se mirent au garde à vous. Ekléanos et Marxos échangèrent un sourire et le Commandant répondit. « Je suis venu m'entretenir avec votre Capitaine, il devrait être en train de parler avec deux collègues. » Le soldat bafouilla un : « Oui bien sûr. » Il regarda autour de lui et adressa un regard à ses compagnons pour que quelqu'un lui vienne en aide. Un autre soldat finit par déclarer « Ils sont montés à l'étage pour discuter, je crois. » Puis il adressa un regard, au soldat, toujours confus. Le concerné finit par déclarer « Suivez, moi je vous pris » et il mena Ekléanos et Marxos à l'étage, en passant par des escaliers situés au fond de la pièce. Après avoir gravi une dizaine de marches, les escaliers débouchèrent sur une pièce plus petite que celle du rez-de-chaussée, décorée par de vieilles tapisseries. Ils se trouvaient apparemment dans le bureau du maire. Marxos ordonna au soldat de disposer et le remercia pour son aide. Puis les deux guerriers se dirigèrent vers le fond de la pièce, où les Commandants semblaient s'entretenir avec le Capitaine de la garde. Ils arrivèrent en plein milieu d'une conversation « …et je ne pense pas que vous devriez rester ici, c'est bien trop dangereux, déclara Hujd. »

- Si personne ne reste pour garder la ville, les Orques pourront la raser quand bon leur semblera, répondit le Capitaine.

Le Commandant Marxos s'annonça :

- Messieurs, pouvez-vous me faire un rapport sur la situation, je vous prie ?
- Eh bien, le Capitaine Tadril a été désigné pour rester à Ciodera, avec une garnison de deux cents soldats. Je lui ai proposé de se joindre à nous, mais il déclare qu'on lui a donné l'ordre de défendre le village, et qu'il n'abandonnera pas la ville aux mains des Orques. Cela fait

bien quinze minutes que nous tentons de l'en dissuader mais rien à faire, il ne veut pas changer d'avis.

Une idée vint à Ekléanos et il décida d'intervenir dans la discussion.

- Je ne suis pas expert en stratégie mais, il me semble que la priorité des Orques est de prendre Anariene, n'est-ce pas ?

Sendor, qui ne voyait pas où le Drakon voulait en venir acquiesça.

- Oui, et alors ? Si vous croyez qu'ils vont se priver de dévaster Vertforêt, Fortgund et Ciodera, vous faites fausse route.

Marxos, énervé par le comportement de ses collègues, ordonna à Sendor de le laisser terminer.

- Vous avez raison, mais il y a une différence entre Ciodera et Vertforêt. Il se trouve que Fortgund et Vertforêt sont sur la route qui mène à Anariene, donc ils seront obligés d'y faire halte s'ils veulent prendre la capitale. En revanche, attaquer Ciodera les détournerait de leur objectif.

Sendor, Hujd et Tadril qui ne comprenaient toujours pas Ekléanos, continuèrent de l'écouter avec la plus grande attention.

- Nous pouvons bénéficier d'un net avantage à laisser des troupes à Ciodera. Ainsi lorsque les Orques auront progressé plus en amont, ces soldats pourront les prendre à revers. En ce qui me concerne, cela me parait être un potentiel de renfort significatif. De plus, l'objectif du Général Radah n'était pas de vaincre les Orques par le nombre mais par la ruse : il avait compris que le seul moyen de l'emporter était, non pas d'attaquer les Orques de front, mais bien de les harceler avec des attaques soudaines et rapides. Laisser un régiment de soldats ici, me parait tout à fait correspondre à la stratégie que Radah avait imaginée.

Les deux Commandants et le Capitaine restèrent bouche bée. Malgré leur rang militaire, ils n'avaient pas envisagé la situation sous cet angle. Le seul à ne pas être étonné et qui avait lui aussi eu la même idée, était Marxos. Il souriait et venait de prouver à ses homologues qu'il avait raison d'accepter

Ekléanos comme un chef aguerri et non comme un simple mercenaire. Par cette brillante idée, Ekléanos venait de gagner le respect de trois officiers de la Rmark-Empra et il savait qu'il ne serait plus considéré comme occupant un rôle second mais bien comme un fin stratège, qui venait d'éclairer la lanterne de deux Commandants.

*
**

Hujd, Sendor et Tadril discutèrent pendant de longues minutes afin de prouver que le plan qu'Ekléanos proposait était la meilleure option qu'ils avaient. À présent, ils n'aspiraient plus qu'à se reposer, après avoir longuement débattu. Ils étaient également épuisés par la course effrénée qu'ils avaient dû effectuer pour se rendre à Ciodera. Ekléanos sortit de l'hôtel de ville et décida de rejoindre ses camarades Drakons. Il quitta la ville et se dirigea vers une immense plaine, sur laquelle le campement militaire avait été établi. Il retrouva ses hommes assis autour d'un feu de camp. Balkar était en train de faire cuire un gigot d'agneau. Ekléanos fut surpris car les rations militaires étaient limitées et les obligeaient à se nourrir de pain, de ragout de légumes et de viandes séchées. Il n'avait pas mangé de viande depuis qu'il avait logé à Fortgund. À ce propos, le Drakon commençait à avoir faim car son dernier repas remontait à il y a douze heures. Il était affamé et la vue du gigot le réconforta : il n'aurait pas à attendre que le repas soit préparé. Ekléanos restait tout de même surpris et il décida d'interroger ses compagnons. « Où avez-vous bien pu trouver ce gigot d'agneau ? » Les trois membres des Légendes se regardèrent. Ce fut Fakios qui répondit « Pendant que tu t'entretenais avec les Commandants, on s'est mis en quête de nourriture. Et devine quoi ? On est tombé par hasard, sur l'ancienne cuisine de la garde. On a fouillé dans les réserves et on en a trouvé des dizaines comme celui-ci. Alors on est rentré et on a décidé d'en faire profiter tout le monde. On a bien fait, non ? » Ekléanos savait que cette réserve devait probablement être utilisée par le régiment posté à Ciodera, il s'apprêta à réprimander ses camarades pour s'être ainsi servis dans une réserve qui ne leur appartenait pas, mais la faim le torturait et il avait très envie de manger ce gigot. Alors il se résolut à ne rien dire, il entra dans une tente, saisit une assiette, se servit une part de viande et vint s'asseoir à côté de Hiaalmar. Celui-ci le regardait et finit par poser une question qui le tourmentait « De quoi avez-vous parlé avec les Commandants ? » Ekléanos entama une première bouchée de gigot et une fois qu'il l'eut avalé, il répondit :

- Nous avons parlé de stratégie. Un régiment de la Rmark-Empra a été posté dans la ville et leur Capitaine se disputait avec les Commandants. Le Capitaine voulait rester sur place et les Commandants voulaient qu'il joigne son régiment aux nôtres, alors je suis intervenu et je leur ai dit qu'en laissant un régiment derrière eux, ils pourraient l'utiliser à l'avenir pour prendre les Orques à revers.

Hiaalmar hocha lentement la tête en signe de compréhension.

- Oui, c'est tout à fait pertinent. C'est curieux que les Commandants n'y aient pas pensé. »

Les deux autres Drakons, hypnotisés par le gigot en train de tourner au-dessus de la broche, ne prêtèrent nulle attention à la discussion. Balkar semblait vouloir rester concentré pour ne pas faire brûler la viande et Fakios semblait s'amuser à le regarder. Ekléanos continuait à manger, en savourant pleinement son repas. Il trouvait le gigot parfaitement cuit. La viande tendre fondait dans sa bouche. Il prit plaisir à manger jusqu'à avoir entièrement vidé son assiette, puis il la posa et félicita Balkar pour sa cuisine. Puis il interpella les trois Légendes : « Venez, je vais regrouper les hommes pour leur faire part des décisions qui ont été prises.

- Bonne idée, acquiesça Hiaalmar. »

Ekléanos se dirigea vers le centre du campement des Drakons. Les militaires de la Rmark-Empra semblaient s'être installés en retrait par rapport aux mercenaires. Ce n'était pas parce qu'ils ne souhaitaient pas faire campement aux côtés des Drakons, mais parce que l'organisation militaire stricte qu'ils suivaient se mariait assez mal avec la liberté d'agencement dont faisait preuves les guerriers. Ekléanos arriva enfin, à la limite entre les « deux camps », il se hissa sur une table, de façon à être vu de tous et ordonna à tous les Drakons de se rassembler. Rapidement l'information fit le tour du camp et l'intégralité de l'armée Drakon fut bientôt regroupée, prête à écouter son chef. Ekléanos n'était pas un orateur parfait et il se dut se débrouiller pour improviser un discours de dernière minute. « Mes amis, je tiens d'abord à vous féliciter, car grâce à vos efforts nous avons pu remporter une victoire tactique lors de la bataille d'Ostilion. Nous avons évidemment été contraints de nous replier car nous savons tous que l'ennemi nous est cinq fois supérieur en nombre. Mais je peux vous assurer que leurs pertes ont été largement égales aux nôtres. Nous nous sommes battus jusqu'au bout, nous avons tenu bon. Nous avons pu voir notre ennemi dépassé et il m'a semblé que les Orques n'étaient pas très organisés lors de cette bataille. Je pense que sans l'intervention de ce Kodrug, nous aurions pu tenir beaucoup plus longtemps. Il faut également saluer le courage de ceux qui sont morts, comme nous savons le faire chez les Drakons. Malheureusement la guerre nous rattrape et nous devrons leur rendre hommage plus tard, mais retenez bien qu'ils ne seront pas oubliés. Nous avons mis en place avec l'aide des Commandants, une stratégie. Un régiment de la Rmark-Empra, déjà présent dans la ville va rester sur place, afin de nous servir de renfort en cas de coup dur ou bien même de nous permettre d'encercler les Orques, alors qu'ils ne s'y attendraient pas. Nous approfondirons cette stratégie durant la matinée et sachez que nous partirons en fin d'après-midi. Prenez le temps de vous reposer. Merci à tous et que Délia soit avec nous ! » A la grande surprise d'Ekléanos, tous les Drakons poussèrent des cris d'encouragements. Le Drakon fut très flatté. Il descendit de la table et s'apprêtait à rejoindre ses compagnons Légendes quand un jeune Drakon l'interpella. « Chef ! Chef ! » Ekléanos tourna la tête et répondit au guerrier « Oui, je peux t'aider ? » Le novice sourit. « Non c'est plutôt moi qui peux vous aider chef. Je tenais à vous faire part de mon savoir sur la région de Fortgund, car c'est bien là-bas que la prochaine bataille se déroulera n'est-ce pas ? » Ekléanos hocha la tête. « Il n'est pas question d'étaler ma vie mais je tiens à vous raconter une histoire de mon enfance. Ce n'est pas sans intérêt, je vous le promets. » Ekléanos sourit à son tour, ce jeune guerrier avait éveillé sa curiosité. « Je t'en prie, je t'écoute. » Le novice avait l'air très excité à l'idée de raconter son histoire à son chef. Il réfléchit quelques secondes pour savoir par où commencer et enfin il se lança : « Quand j'étais enfant, j'habitais à Fortgund avec mon grand frère et ma mère qui était marchande. Nous n'appréciions pas, étant petits de passer notre temps à l'école, alors un jour mon frère me proposa de fuguer et d'aller se promener le long des falaises qui se trouvent au sud de la ville. J'acceptai avec enthousiasme. Mon frère m'amena donc près des dites falaises. Nous y passions plus d'une heure, à discuter de tout et de rien. Alors que nous nous apprêtions à rentrer, nous aperçûmes un garde qui patrouillait à l'extérieur de la ville et qui semblait se diriger vers nous. Pris de panique à l'idée qu'il nous réprimande de ne pas être à l'école, nous décidâmes de fuir. On aperçut alors un creux dans la falaise. Et après une longue observation, nous nous rendîmes compte que ce creux était en fait une grotte qui semblait traverser la paroi. Nous entrâmes à l'intérieur mais la grotte semblait mener plus haut vers l'intérieur, alors nous nous enfonçâmes dans l'obscurité. Après plusieurs minutes de marche, la grotte finit par déboucher sur le sommet de la falaise. D'en haut nous avions une vue imprenable sur la ville et ses alentours. Mon frère et moi fûmes très surpris de cette découverte et nous décidâmes de revenir là-bas tous les après-midis après l'école. » Ekléanos avait écouté l'histoire du soldat avec grand intérêt. Il comprit tout de suite quelle avait été l'idée du Drakon lorsqu'il était venu s'adresser à lui. « Et nous pourrions utiliser ce tunnel, non seulement pour attaquer les

Orques de dos mais aussi pour placer nos archers au sommet de la falaise pour qu'ils puissent faire feu, directement sur l'ennemi ? » Le soldat acquiesça. « C'est l'idée. » Ekléanos serra la main du guerrier de nombreuses fois tout en le remerciant pour son histoire et ses conseils et décida de faire part de cette découverte aux Commandants sur le champ. Il se rendit compte alors qu'ils comptaient dans leur armée un atout de masse : ses Drakons étaient originaires des quatre coins de l'Arganon et ils connaissaient très bien ses régions. Ce qui n'était pas le cas des Orques…

*
**

Il était environ six heures, lorsque les Commandants ordonnèrent aux soldats de lever le camp. Les Drakons firent de même. Ekléanos eut la bonne idée de laisser quelques chevaux sur place afin de garantir une intervention plus rapide du Capitaine Tadril. De toute manière, les Drakons devraient aller au rythme des soldats impériaux, et n'auraient donc aucun intérêt à conserver leurs chevaux, si ce n'est lors des affrontements avec les Orques. Les Drakons se portèrent volontaires pour ouvrir la marche. Ils en profitèrent pour organiser leur convoi, comme ils avaient l'habitude de le faire, par ordre hiérarchique. Ekléanos, Hiaalmar, Fakios et Balkar se retrouvèrent donc en tête de file. Les Légendes, concentrées sur leurs objectifs, se montrèrent avares en paroles. Cela déplut fortement à Balkar, qui était d'un naturel bavard, mais il ne fit pas part de ses reproches à ses amis. Les Drakons se retrouvèrent pour la majorité, sans chevaux. Ekléanos avait insisté pour donner le sien, mais les autres membres des Légendes s'y étaient formellement opposés. Les seuls Drakons à voyager à cheval était donc Ekléanos, Balkar, Hiaalmar, Fakios, ainsi que les deux autres Légendes et quelques Généraux. Le rythme de course était soutenu, les Commandants impériaux souhaitaient arriver à Fortgund avant le lever du soleil. Ils voulaient conserver l'effet de surprise, en attaquant de nuit. Selon le plan que les trois Commandants et Ekléanos avaient établi, les archers se posteraient au sommet des falaises et entameraient une volée de flèches sur les Orques. Les épéistes et les arbalétriers passeraient, quant à eux, par la grotte découverte par le jeune Drakon. Les arbalétriers Drakons devraient faire feu et laisser les épéistes et les cavaliers amorcer une charge. Ce plan convenait parfaitement à Ekléanos, d'autant qu'il respectait pleinement l'objectif premier de Radah : user les rangs ennemis afin de diminuer leur nombre. Au fond de lui, Ekléanos avait encore de l'espoir. Si tout se passait comme prévu et que les Nains et les Elfes leur envoyaient des renforts, ils finiraient par remporter la victoire. Bien évidemment le Drakon se doutait que Sohort n'avait pas encore dévoilé toute ses cartes et qu'il devait disposer, lui aussi, d'un plan de secours.

*
**

Le convoi longeait la lisière de la forêt depuis plus de six heures maintenant. Les Drakons approchaient de leur but. Les archers de la Rmark-Empra quittèrent la route et se dirigèrent vers les falaises à l'ouest de Fortgund. Le reste de l'armée continua sa route et finit par arriver à l'entrée de la caverne. Elle n'était pas très large et ne permettait aux hommes de ne passer qu'en rang de douze, ce qui compliqua grandement la progression à travers la grotte. Les soldats à l'avant avaient reçu l'ordre de n'utiliser qu'un nombre restreint de torches afin de ne pas alerter l'ennemi. Cela rendit la traversée nettement plus dangereuse, car la grotte était remplie de stalagmites. Durant la traversée de la cavité naturelle, certains soldats trébuchèrent sur des rochers et vinrent s'embrocher sur ces pointes de pierre. Cela provoqua chez les soldats un mouvement de panique. Une dizaine de soldats dissidents commença à demander qu'on allume davantage de torches, ce qui leur valu d'être rabroués par leurs supérieurs. La traversée dura une demi-heure et les Drakons finirent par déboucher sur l'immense plaine de Fortgund. Le Commandant Marxos, qui se situait derrière les mercenaires, aperçut une vive lumière à l'avant et ordonna à nouveau d'éteindre les torches. « Commandant, personne n'a allumé de torche, répondit Ekléanos. C'est la ville qui est en train d'être assiégée. On dirait que les Orques leur en ont fait voir de toutes les couleurs ! Mais venez plutôt le constater par vous-même. » Marxos s'approcha donc et put observer qu'Ekléanos disait vrai. Au loin, Fortgund était assiégée par des dizaines de milliers d'Orques. Certaines parties de la cité étaient en flamme, notamment les tours de guets et le marché. Tous les soldats furent stupéfaits par le spectacle qui s'offrait à leurs yeux. Ils avaient vécu eux-mêmes la bataille d'Ostilion, mais ce qu'ils voyaient n'avait rien à voir avec cette dernière. La ville était entourée et n'offrait aucune porte de sortie pour les assiégés. La herse était abaissée et les lourdes portes en bois de la ville étaient barricadées. On pouvait apercevoir des traits lumineux, partir des remparts et tomber directement dans l'énorme masse noire qui se dressait en dessous. Dans l'ensemble, les gardes avaient l'air de plutôt bien s'en sortir car ni la porte ni la muraille n'avaient été percées. Mais Ekléanos se doutait que cela ne tarderait pas à se produire. De toute évidence, les Orques n'avaient pas pu amener avec eux leur immense catapulte et ils n'avaient pas de béliers en leur possession. Malgré cela, il leur suffisait d'aller chercher du bois dans la forêt de Gund située à une heure de marche, et ils auraient alors tous les matériaux nécessaires à la fabrication d'un bélier. C'est pour cela que Marxos ordonna aux troupes de se mettre en place le plus rapidement possible. « Je retourne en haut des falaises pour ordonner aux archers de faire feu. Une fois qu'ils se seront rendu compte de notre présence, vous savez tout ce qu'il vous reste à faire. Je serais absent quelques minutes, alors en attendant je vous place sous le commandement d'Ekléanos. » Marxos tendit le regard vers le chef des Drakons : « Faites-en sorte d'entamer la charge dès que les archers auront fait feu. Tout devrait bien se passer.

- Vous êtes sûr que c'est une bonne idée ? Ne devriez-vous pas confier le commandement à un de vos subordonnés ?

Le Commandant fit un discret clin d'œil à Ekléanos.

- C'est le moment de prouver que vous êtes un vrai chef. Mes collègues pensent le contraire. Montrez-leur qu'ils se trompent. Vous êtes tout à fait capable de commander une armée de Drakons, alors commander une légion de la Rmark-Empra ne devrait pas poser de problèmes, je me trompe ?

Ekléanos sourit, il savait que Marxos ne lui laissait pas le choix. Il devrait commander une légion impériale pendant quelques instants.

- Je pense que je pourrais me débrouiller. Mais je ne vous garantis rien.
- C'est tout ce qu'il me faut, répondit Marxos. »

Le Commandant fit donc demi-tour et disparut dans l'obscurité. Ekléanos ne savait pas vraiment comment s'y prendre. Tous les soldats impériaux le regardaient d'un air inquiet. Il décida donc d'improviser un petit discours d'encouragement avant que les archers ne fassent feu. « Soldats, c'est un honneur pour moi de vous avoir sous mon commandement. Sachez que nous autres, Drakons, nous estimons que chaque vie est égale à une autre. Pour moi, les grades et la hiérarchie n'ont aucune importance sur la valeur d'un guerrier. Je sais que cela peut vous sembler étrange, compte tenu de la formation militaire que vous avez reçue, mais je préfère vous parler avec mon cœur, de guerrier à soldats. Cette bataille sera sans aucun doute l'une des plus importantes : les Orques ont déjà eu l'occasion de constater que nous nous bâtions avec rage et férocité. Pour l'instant, ils sont sans doute trop occupés à assiéger la ville pour avoir remarqué notre présence. Si nous nous débrouillons bien, ces derniers vont se retrouver encerclés en moins de temps qu'il n'en faut pour le dire. Je ne vous mentirai pas en vous disant qu'il n'y aura pas de pertes dans nos rangs, nous sommes tous conscients de cette triste réalité. Cependant, ce n'est pas pour autant que nous devons nous jeter dans la bataille, tête la première, sans réfléchir. Nous devons veiller les uns sur les autres, comme des frères et tâcher de sauver le plus de vies possibles. Nous avons besoin de chacun d'entre vous. Bâtez-vous bien, avec courage et détermination : je ne vous en demanderai pas plus. Tachez de tuer un maximum d'Orques : c'est cela notre objectif. Bonne chance à tous. Les arbalétriers Drakons passeront en premier. Tenez-vous prêts, dans quelques instants la bataille va s'engager, et nous ne pourrons plus faire demi-tour. » Ekléanos finit son message d'encouragement, qu'il trouva plutôt réussi et se prépara à donner l'ordre d'attaquer. Vingt minutes plus tard, les archers postés en haut de la falaise firent feu. Ekléanos jura alors que tous les tirs avaient atteint leurs cibles. Il cria aux arbalétriers de s'avancer et de faire feu à leur tour, lorsque les Orques seraient à portée. Après avoir parcouru des centaines de mètres, les arbalétriers tirèrent. Ekléanos entendit les carreaux siffler en fendant les airs et se ficher dans les armures métalliques des Orques. Le Drakon grimpa alors sur son cheval et agita vivement ses rênes pour que ce dernier charge. Celui-ci partit au galop, suivi de près par des centaines de Drakons et des milliers de soldats impériaux. Dans quelques secondes, Ekléanos serait au contact avec les Orques et devrait combattre pour protéger Fortgund…

CHAPITRE VI

L'ESPOIR DE FORTGUND

Ekléanos, dressé sur son cheval, abattit son épée sur la tête d'un Orque. Son cheval propulsé à pleine vitesse transperça les rangs des guerriers à peau verte, en provoquant chez eux une désorganisation totale. Les Orques, surpris de cette attaque soudaine, poussèrent des hurlements de panique. Les Drakons appuyés par la Rmark-Empra, avançaient pas à pas à travers la masse noire que formait l'armée ennemie. Le massacre semblait inarrêtable, et Ekléanos se demandait s'ils n'avaient pas fait pencher la balance en leur faveur. Les Orques étant occupés à combattre la légion de la Rmark-Empra qui venait de les prendre à revers, les archers postés à l'intérieur de Fortgund en profitèrent donc pour faire feu. L'armée de Sohort ne savait plus où donner de la tête, prise au contact à l'ouest par la légion de la Rmark-Empra et bloquée par les remparts de la ville. Les Orques n'avaient aucune possibilité de replis et tentaient tant bien que mal de repousser l'étau qui se resserrait autour d'eux. Après plusieurs minutes, les

Kodrug agacés de voir leur armée complétement déstabilisée, décidèrent d'intervenir. Ils foncèrent droit dans la mêlée, une hache dans chaque main. Le premier Kodrug frappa plusieurs soldats à la tête et donna de grands coups de bras pour les faire reculer. Cette manœuvre réussit et l'armée de la Rmark-Empra se déroba très légèrement. Le reste des Kodrug firent de même et réussirent à repousser les assauts des soldats impériaux. Les Drakons se retrouvèrent donc pris au piège entre les Kodrug et les Orques. Ekléanos hurla à ses hommes de reculer à leur tour et de se regrouper derrière la légion impériale. Ils obéirent à son ordre et commencèrent à se diriger vers les falaises. Le chef des Drakons, décida de foncer à travers l'armée Orque, espérant écraser les soldats de Sohort sous les sabots de son cheval. C'est à ce moment que le Chef Kodrug qui avait assassiné le Général Radah, arriva. Il portait toujours son armure noire et son casque à corne mais il n'était plus armé de deux épées comme à Ostilion. Il portait un carquois dans le dos et tenait un arc dans la main. Il arma son arc, tourna la tête, fit pivoter son bras et regarda en direction d'Ekléanos. Celui-ci dressé sur son cheval, était une cible parfaite pour un archer et il était trop occupé par les

Orques pour le remarquer. Soudain, Fakios qui avait constaté que son chef était pris pour cible, lança sa dague, droit dans le torse du Kodrug. Le squelette tira sa flèche et fut aussitôt projeté à terre par la dague de Fakios qui le transperça en plein cœur. La flèche passa sous le bras d'Ekléanos et ne se planta pas, mais lui ouvrit une plaie au niveau de l'aisselle. La puissance du tir le fit tomber de son cheval et le chef des Drakons se retrouva vulnérable au beau milieu de l'armée Orque. Un bras le saisit alors au torse et le ramena en arrière. Ekléanos se tourna pour observer celui qui le tenait, c'était le Capitaine Lucas, celui qui avait donné l'ordre à l'armée de se replier à Ostilion. Le Capitaine, tira donc Ekléanos hors de l'armée Orque. Les deux soldats coururent, et par chance les Orques n'eurent pas le temps de les attaquer, ou du moins ils couraient assez vite pour parvenir à esquiver les coups d'épée. Ekléanos ne regarda pas en arrière et se contenta de courir droit devant lui en espérant atteindre la sortie de ce labyrinthe de masse noire, le plus rapidement possible. Le Drakon et le Capitaine Lucas finirent par arriver derrière la légion. Ils s'écroulèrent dans l'herbe. Ekléanos était à bout de souffle et sentait son cœur battre dans ses tempes. Il adressa un regard reconnaissant à Lucas. « Vous m'avez sauvé la vie, merci Capitaine. Je ne l'oublierai pas, j'ai une dette envers vous, lui dit-il.

- En fait, il se trouve que vous m'avez aussi sauvé la vie, à Ostilion. Si vous ne m'aviez pas demandé de donner l'ordre de nous replier, jamais je ne l'aurais fait. Donc, on peut dire que nous sommes quittes.

Ekléanos sourit malgré sa blessure qui le faisait souffrir.

- Vous voulez dire que vous m'avez sauvé la vie, parce que vous vous sentiez redevable ? Vous avez pris des risques, vous n'auriez pas dû.
- À vrai dire, j'étais juste derrière vous depuis le début de la bataille. Je voulais veiller à ce qu'il ne vous arrive rien, alors quand je vous ai vu tomber, j'ai réagi aussitôt. Vous auriez fait la même chose non ?

Ekléanos commença à se lever, mais il n'arriva pas à marcher. Il tituba sur quelques mètres et s'écroula à nouveau. Il regarda le Capitaine.

« - Je ne suis pas sûr de pouvoir y retourner, dit-il en montrant le champ de bataille.

Le Capitaine se leva à son tour.

- Ce n'est pas grave, vous en avez déjà beaucoup fait. Allez-vous reposer en haut de la falaise. Et si vous vous inquiétez de ce que vont penser les soldats, dites-vous qu'ils vous ont tous vu vous battre avec courage. Vous vous êtes montré digne d'un chef, je vous l'assure.

Ekléanos soupira.

- Ce n'est pas ce que j'essayais de prouver mais merci Capitaine. Je n'arriverai pas en haut sans aide. Vous voulez bien m'aider ?

Lucas sourit.

- Avec joie ! »

Les deux soldats entamèrent donc la montée dans la grotte en direction des falaises. Ekléanos devina que Lucas se sentait mal à l'aise à l'idée d'avoir abandonné son poste. Il lui proposa à plusieurs reprises de continuer tout seul mais celui-ci refusa.

Au loin, Ekléanos entendait le vacarme de la bataille et les cris des soldats. Selon ce qu'avait pu voir le Drakon, ils s'en étaient mieux sortis qu'à Ostilion. Malgré la différence de nombre, il avait eu l'impression que les rôles s'étaient inversés. L'avantage que la Rmark-Empra possédait était que malgré leur infériorité numérique, les soldats étaient tout de même assez nombreux pour encercler les Orques. Ainsi même en sous nombre, ils parvenaient parfaitement à contenir les guerriers de Sohort qui étaient pris en tenaille entre eux et les gardes de la ville. Au moment où Ekléanos avait quitté le champ de bataille, la porte n'avait toujours pas cédé aux assauts des Orques et le Drakon s'en réjouit. Au fond de lui, il regrettait que Radah ne soit pas là pour constater par lui-même l'efficacité de sa stratégie.

*
**

Le Capitaine Lucas et Ekléanos arrivèrent enfin à la sortie de la caverne. Le soldat de la Rmark-Empra demanda au Drakon : « Je suis désolé mais il ne vaut mieux pas que j'arrive devant mes supérieurs alors que je suis en état de me battre. Pensez-vous pouvoir continuer seul ?

- Oui, bien sûr. Et encore merci pour tout Capitaine. »

Lucas repartit à l'intérieur de la caverne en courant. Ekléanos parvint à marcher mais le mouvement le faisait atrocement souffrir. Il arriva après un quart d'heure de marche, au sommet des falaises. La vue était incroyable et offrait un parfait panorama sur la plaine située juste en dessous. Marxos, Hujd et Sendor observaient le champ de bataille. Ils semblaient plutôt satisfaits et Ekléanos se demanda alors pourquoi Marxos n'était pas redescendu une fois l'ordre donné aux archers de tirer. Le Drakon marcha sur une vieille branche, le bruit fit sursauter les officiers. Marxos se tourna et sourit. « Ah mais c'est vous ? Qu'est-ce qui vous est arrivé, vous saignez ?

- Oui. Un archer m'a tiré dessus alors que je combattais à cheval. D'ailleurs, vous n'auriez pas quelques bandages afin de recouvrir la plaie ?

Marxos se tourna vers Hujd d'un air interrogateur. Celui-ci hocha de la tête.

- Oui suivez-moi, je vais vous en donner.

Le Commandant mena Ekléanos à l'intérieur d'une tente. Il fouilla dans un coffret et tendit au Drakon, des bandages en tissus.

- Tenez cela devrait faire affaire. »

Ekléanos les saisit et le remercia. Il finit par poser une question qui le préoccupait.

- Pourquoi n'êtes-vous pas venu nous rejoindre ?

Marxos fuit le regard d'Ekléanos, comme pour éviter sa question.

- Pour être tout à fait honnête, les Commandants Hujd, Sendor et moi-même avons eu une idée. Nous voulions voir comment vous alliez vous en sortir à la tête de la légion. J'ai donc décidé de rester ici afin d'observer comment évoluerait la situation.

Ekléanos commença à s'énerver.

- Vous m'avez laissé seul commandant dans une bataille, dont l'issue est plus que décisive, afin de voir si j'étais un bon chef ? Et que se serait-il passé si nous avions été submergés ?

Si j'avais donné l'ordre de replis trop tard ? Qu'auriez-vous fait ? Seriez-vous intervenu ?

Marxos ne sut que répondre. Jamais il n'avait pu penser qu'Ekléanos puisse échouer à son test. En fait, cette éventualité ne lui avait même pas effleuré l'esprit. Avait-il pris trop de risques, en le plaçant à la tête de ses soldats ?

- Bien sûr que nous serions intervenus, mais comme l'avez constaté tout s'est bien déroulé : vous n'avez pas été submergé et vous n'avez pas eu à donner d'ordre de replis. J'ai donc eu raison de vous faire confiance.

Ekléanos se calma un peu mais une autre question encore plus capitale le préoccupait.

- Quand bien même vous auriez raison, vous seriez resté là, à contempler la bataille, sans même aller vous battre une seule seconde ?

Marxos commençait à rougir. Il avait terriblement honte du tour qu'il avait joué à Ekléanos. Il lui cachait quelque chose, et il finit par se résoudre à lui avouer un terrible secret. Le Commandant lâcha un profond soupir.

- Écoutez Ekléanos, je vais vous avouer quelque chose mais s'il vous plait il faut me promettre de ne pas m'en tenir responsable.

Le chef des Drakons hocha la tête.

- Allez-y, dit-il sans grande conviction.
- Tout d'abord je tiens à ce que vous sachiez à quel point je vous respecte, vous et votre Ordre. Je n'avais jamais rencontré de Drakon avant de faire votre connaissance et de toute ma vie, je n'ai jamais vu de personnes aussi combatives et courageuses que vous. Durant ces quelques jours, vous n'avez cessé de prouver que vous étiez, non seulement un excellent guerrier mais aussi un véritable chef. Vous savez mener vos hommes et prononcer les mots qu'il faut. L'aide que vous nous avez apportée depuis le début de cette guerre, nous a été précieuse et essentielle. Maintenant, et après vous avoir avoué tout ce que je pensais de vous, il est temps que je vous dise la vérité. Lorsque vous avez rencontré le Général Radah et qu'il vous a exposé son plan, il vous a dit que notre objectif était de contenir les Orques, en

attendant que le reste de l'armée soit prête et de faire en sorte que les pertes ennemies soient le plus élevées possible. Même s'il vous a paru optimiste quant au succès de cette mission, en réalité il savait que cette stratégie ne pouvait fonctionner éternellement, et que tôt ou tard, les Orques finiraient par prendre le dessus. Peut-être que vous avez du mal à vous en rendre compte, mais c'est ce qui est en train de se passer : notre armée a reculé de près de deux cents kilomètres en à peine deux jours et nous avons perdu plus de deux mille cinq cents hommes, sachant que le nombre de pertes de cette bataille nous est encore inconnu. Comme il vous l'avait probablement expliqué, en cas d'échec, nos soldats et nous-même devions nous replier et rejoindre le reste de l'armée au sud de Vertforêt. C'est donc ce que nous allons faire, en tant que Commandants de ces légions. Notre responsabilité est d'obéir aux ordres de l'Empereur et de préserver les vies de nos hommes. Notre Empereur semblait d'ailleurs persuadé que les Nains et les Elfes nous enverraient des renforts à l'instant même où ils seraient informés de ce qui se passe. Tout n'est pas encore perdu et il demeure un espoir que nous ressortions vainqueur de cette guerre, du moins c'est ce que je crois. Puisque nous nous replions, vous devriez en faire de même et poursuivre la lutte à nos côtés près de Vertforêt. À vrai dire je ne vois pas vraiment quelle autre alternative s'offre à vous.

Le visage d'Ekléanos se figea. Le Drakon ne savait pas quoi répondre.

- En quoi ce que vous venez de me dire explique votre absence au combat.
- Je savais que notre départ n'était qu'une question de temps, et si les Commandants étaient venus à être blessés ou même tués, il ne serait resté aucun officier pour commander les soldats. Afin de préserver notre intégrité, nous avons donc choisi de rester à l'écart des affrontements. Si cela ne tenait qu'à moi, je me serais volontiers battu à vos côtés, mais cela n'aurait pas été prudent.

Le Drakon réfléchit. Il ne comprenait pas pourquoi la légion devait se replier alors qu'il lui semblait que la stratégie mise en place par Radah fonctionnait parfaitement.

- Vous êtes en train de me dire, qu'après cette bataille vous partirez ?

Marxos acquiesça.

- Oui et comme je vous l'ai dit, vous pourrez nous suivre. Jusqu'à présent, votre aide a toujours été essentielle.

Ekléanos soupira.

- Vous savez très bien que je ne partirai pas. Si nous partons avec vous, les Orques et les Kodrug auront le champ libre pour traverser la forêt de Gund, et donc rejoindre le nord du pays et cela je ne puis le permettre. Je ne laisserai pas ces peaux vertes fouler notre terre et progresser librement à travers le pays. Je n'essaierai pas de vous faire changer d'avis, car je sais que vous ne faites qu'obéir à vos ordres, néanmoins, j'ai une dernière question. Que fait l'Ordre des Drakons au beau milieu d'un champ de bataille ?

Le Commandant comprenait tout à fait le point de vue d'Ekléanos, en un sens il était profondément d'accord avec lui mais sa fonction militaire l'obligeait à suivre les ordres et à abandonner le sud du pays aux mains des Orques.

- Eh bien vous êtes là pour nous soutenir, ce n'est pas la raison de votre présence ici ?
- Non. Si j'ai accepté de retourner à Ostilion, c'est parce que des membres de mon Ordre avaient choisi d'y rester afin de défendre la forteresse. Au bout du compte, j'ai réussi à sauver certains des hommes qui étaient restés mais d'autres qui étaient venus avec moi sont morts. J'ai continué à me battre aux côtés de la Rmark-Empra, car je voulais défendre mon pays et que nous avions plus de chance d'y parvenir ensemble que chacun de notre côté. Et maintenant vous êtes en train de me dire que vous allez nous abandonner, en nous laissant nous battre contre un ennemi qui nous est cent fois supérieur en nombre ?

Marxos avait l'air abattu, il appréciait réellement Ekléanos et se sentait coupable de ce qui lui arrivait.

- Je suis désolé je ne sais pas quoi vous répondre. Tout ce que je peux espérer, c'est que nos hommes emportent cette bataille et que vous prendrez la bonne décision. Une fois les combats terminés, nous partirons. Je regrette Ekléanos, sincèrement et je peux vous assurer que si je n'étais pas dans la Rmark-Empra, je serais resté afin de me battre avec vous. Je n'ai pas le choix, je dois obéir aux ordres. Pour les quelques instants qu'il nous reste à passer ensemble, pourrions-nous mettre de côté ce malentendu et observer comment se déroule la bataille ?»

Le chef des Drakons ne prit même pas la peine de répondre et sortit de la tente, accompagné par le Commandant Marxos. Pendant ce temps, le combat opposant soldats et guerriers Arganiens, aux Orques et aux Kodrug avait pris une tout autre tournure…

*
**

Ekléanos arriva près du bord des falaises. La ville, toujours assiégée par l'armée Orque, était encore en flamme et les assaillants étaient déterminés à ne pas repartir. Au loin le Drakon put apercevoir Fakios qui s'approchait du Commandant Kodrug. Celui-ci rampait à terre et la dague était toujours plantée dans sa poitrine. Fakios tendit son épée vers le Kodrug et celui-ci se releva. À la grande surprise du guerrier, il retira la dague de son torse. Il la jeta dans sa direction mais Fakios l'esquiva. Puis il saisit une épée qui trainait par terre et la tendis vers Fakios : *Siasna tet derk*[4] ! hurla-t-il au Drakon. Mais celui-ci frappa le premier. Fakios s'avança et fit mine de vouloir lui transpercer le torse mais il releva son épée au dernier moment pour le frapper à la gorge. Le squelette n'eut même pas le temps de réagir. La tête du Kodrug vola dans les airs avant d'atterrir dans la masse noire de l'armée Orque. Le cadavre tomba lentement et une vive lumière rouge s'en échappa, suivi d'un long cri lointain lancé par un vieillard. Une déflagration se produisit et projeta le Drakon à terre. Les Orques sursautèrent et les Kodrug ordonnèrent qu'ils battent en retraite. Ceux-ci ne se firent pas prier et décampèrent aussitôt en

---

4. Prépare-toi à mourir !

direction d'Ostilion. Les derniers Orques présents furent achevés par les Drakons et les soldats impériaux qui se réjouissaient de cette victoire. Perché sur la falaise, Ekléanos sourit : Fakios venait de trouver le maillon faible de l'armée de Sohort. Il croyait avoir trouvé un moyen d'impressionner l'armée Orque mais Ekléanos savait que cela était bien plus qu'un simple artifice magique. Il se demandait pourquoi il lui semblait avoir entendu le cri de Sohort et il se répéta la scène plusieurs fois dans sa tête. Il savait qu'il tenait quelque chose. Il ne lui restait plus qu'à savoir quoi…

*
**

Ekléanos suivi par les Commandants, descendit dans la vallée, toujours en passant par la grotte. Le Drakon était heureux que ses hommes aient remporté la victoire, mais l'annonce soudaine de Marxos l'avait attristé et mis en colère. Bien évidemment, il savait que le Commandant n'y était pour rien et qu'il ne faisait qu'appliquer les ordres qu'on lui donnait. Quelque part Ekléanos eut le sentiment que les choses se seraient passées différemment si Radah était encore en vie. Au fond de lui, le guerrier en voulait davantage à l'Empereur qui commandait les officiers de la Rmark-Empra, qu'à Marxos. Mais il eut rapidement le sentiment d'être injuste en tenant l'Empereur responsable de ce qui se passait. Il fallait être réaliste : personne n'avait pu empêcher que cette guerre éclate, pas même lui. La seule et unique personne responsable des massacres passés et à venir était Sohort. Aujourd'hui, Ekléanos haïssait le Magicien plus que jamais. Rapidement le Drakon se reprit en main et chassa ses pensées noires.

*
**

Ekléanos arriva sur le champ de bataille. De nombreux cadavres d'hommes et d'Orques reposaient à terre. La plupart des blessés étaient regroupés sur le côté de la grotte. Les soldats impériaux qui avaient suivi une formation en soins primaires, étaient en train de s'occuper d'eux. Lorsque les Drakons et les soldats de la Rmark-Empra aperçurent Ekléanos, ils l'acclamèrent. Tous criaient son nom. Hiaalmar, Fakios et Balkar se précipitèrent vers lui. « Chef, chef ! Tu vas bien ?

- Oui ça va merci. Je vous félicite : vous vous en êtes tous très bien sorti sans moi. Surtout toi Fakios, c'est grâce à ton action que l'armée de Sohort s'est repliée. C'est ton nom qui devrait être crié, pas le mien.

Le Drakon voyait que ses hommes n'avaient pas le cœur à rire. Il avait l'impression que quelque chose les tourmentait.

- Chef, je suis désolé de te l'apprendre mais nous sommes désormais les derniers membres des Légendes, déclara Fakios tristement.

Ekléanos fut ébahi.

- Vous voulez dire que les deux autres sont morts ?

Hiaalmar acquiesça.

- Les pauvres hommes ont été tués par les Kodrug. On vient de retrouver leur corps parmi les autres.
- Je suis désolé, je ne les connaissais pas bien. C'était les deux plus jeunes c'est bien ça ?
- Oui. Rends-toi compte Ekléanos : nous sommes les derniers membres des Légendes. On est en train d'identifier les corps, mais pour l'instant les pertes s'élèvent à deux cent

cinquante et nous pensons que le bilan va s'alourdir. »

Les trois Commandants qui ne savaient pas quoi dire aux guerriers se trouvaient d'autant plus mal à l'aise de la nouvelle qu'ils avaient à leur annoncer. Ils décidèrent de laisser Ekléanos leur expliquer, pour l'heure ils devaient eux aussi faire le bilan des blessés et des morts. Les Légendes se mirent à l'écart pour discuter. Ekléanos en profita pour leur annoncer qu'ils allaient devoir se battre seuls désormais. Les Drakons n'eurent même pas la force de s'énerver. Ils se contentèrent de demander pourquoi la Rmark-Empra les abandonnait. Ekléanos leur cita la réponse de Marxos. Seul Balkar fit une remarque désobligeante. Les Légendes décidèrent de regrouper leurs hommes afin de leur annoncer la nouvelle. La plus grande majorité des Drakons était blessée. Ils ne devaient rester que trois cents hommes valides. Tous les Drakons écoutèrent leur chef parler. Eux non plus n'avaient pas la force de se plaindre. À présent la seule pensée qui occupait l'esprit d'Ekléanos était : que devaient-ils faire maintenant ? Il était résigné à rester pour se battre mais il ne voulait pas imposer cette décision à tous ses hommes : il les laissa donc décider par eux-mêmes, s'ils rejoindraient la Rmark-Empra ou s'ils continueraient à le suivre. Tous les Drakons en parfaite santé choisirent de poursuivre le combat. Ekléanos autorisa donc les blessés et ceux qui n'avaient plus la force de continuer, à suivre la Rmark-Empra ou à rejoindre la cité de Fortgund. Tous ceux qui avaient choisi d'abandonner optèrent pour la deuxième solution. En restant dans la cité, ils pourraient aider les soldats impériaux à reconstruire ce qui avait été détruit et pourraient également défendre à nouveau la ville, en cas d'une nouvelle attaque. Une fois l'avis de ses hommes consultés et le décompte des morts effectués, le chef des Drakons se rendit compte, avec tristesse, que sur les neuf cent cinquante Drakons qui l'avaient accompagné jusqu'à Ostilion, il n'en restait plus que cinq cents dont la moitié n'était plus en état de combattre. Lorsqu'Ekléanos réalisa le nombre de Drakons qui avaient péri, il fut pris d'un sentiment de vertige. Désormais, il était plus désespéré que jamais auparavant et rien ni personne n'aurait été en mesure de lui remonter le moral. Il se demanda même si cette guerre n'allait pas avoir raison de lui et de son ordre, qui existait depuis plus de huit cents ans. Dans ces situations d'accablement, il y a toujours un moment où il faut reprendre espoir et lutter contre l'impossible. Un moment où l'espoir nous est insufflé par quelque chose et où on réalise que tout n'est pas encore joué et qu'il est encore possible de remonter la pente. Et bien ce moment-là, Ekléanos le désirait plus que tout au monde. Il l'attendait, assis dans l'herbe, son bras toujours blessé. Il se demandait comment retrouver cet espoir dont il avait besoin et comment le transmettre à ses hommes. Alors Ekléanos s'endormit. D'abord il dormit paisiblement. Puis vint un moment où il rêva. Au début il ne sut ce dont il rêvait mais rapidement comme dans la plupart des rêves, tout devint clair. Il aperçut la cité d'Anariene. Il avait l'impression d'être un oiseau en train de voler. Il se rapprocha alors et vint se poser sur une terrasse située à l'arrière du palais impérial. Là, l'Empereur Donirion se tenait debout. Il avait l'air fatigué et très préoccupé. Soudain le temps s'accéléra et Ekléanos vit les minutes défiler, puis les heures et enfin les jours. Et l'Empereur ne bougeait toujours pas, il était tourné vers le Sud et semblait se demander quand la guerre viendrait à ses portes. Puis tout devint noir et Ekléanos se demanda si son rêve était fini. Il ne l'était pas. Il eut l'impression d'apercevoir la même scène : un vieillard sur une terrasse, les yeux fixés vers l'horizon. Mais ce vieillard n'était pas l'Empereur, c'était Sohort. Lui aussi avait l'air inquiet et préoccupé. Ses yeux vides, tournés vers le nord, observaient d'un air tourmenté les Terres Désolées, et lui aussi commença à se demander s'il était possible que la guerre vienne à lui. Puis Ekléanos fut transporté vers une plaine. Une immense armée se dressait là : c'était l'armée Orque. Ils étaient aussi abattus qu'Ekléanos et s'interrogeaient quant au fondement de ce conflit. Leurs supérieurs et les Kodrug les poussaient à continuer, prétendant que la victoire était à portée de main, mais plus ces derniers le prétendaient, plus les Orques avaient du mal à les croire. Ils en vinrent à douter de la raison même qui les avait poussés à se mettre au service de Sohort. C'était un puissant Magicien et il leur était supérieur car il était parvenu à vaincre la mort. Sohort leur avait décrit la vie de ses semblables dans les terres qui se trouvaient au nord des Terres Désolées. Il avait prétendu qu'ils ne méritaient pas de vivre dans ce désert aride et sans vie, et qu'avec son aide, ils parviendraient à conquérir l'ensemble du continent. Il leur avait vanté cette guerre comme étant gagnée d'avance « *À cent milles contre quarante milles, vous les écraserez en deux heures.* » avait-il dit. Seulement les hommes s'étaient avérés être plus forts que prévu, surtout ces soldats qui ne portaient pas d'uniformes réglementaires, ceux qui se battaient toujours le baume au cœur. Ceux-là, les Orques en avaient peur presque autant que les soldats impériaux des Kodrug. Tout parut alors clair à Ekléanos. Il n'était pas le seul à être désespéré. Sa situation s'appliquait à tous les belligérants et ses ennemis étaient en train de douter du bien-fondé de leur entreprise. Après tout, il persistait tout de même de l'espoir : les Elfes et les Nains pouvaient envoyer des renforts, Sohort pouvait commettre une erreur ou les Orques pouvaient se rebeller contre les Kodrug. Au moment où Ekléanos se rendit compte de tout cela, il fut empli d'espoir et se réveilla soudainement. Il avait l'impression d'avoir dormi toute une journée mais lorsqu'il interrogea un soldat blessé, allongé à côté de lui, celui-ci affirma qu'il ne s'était assoupi que depuis trois heures. Le Drakon s'en rendit compte lui-même : le soleil était en train de se lever. Quand il remercia le soldat, il eut l'impression qu'il remerciait davantage son rêve, que l'homme qui était blessé à ses côtés. Il avait retrouvé espoir. Il devait reprendre les choses en main et devait immédiatement mettre en place un plan pour vaincre les Orques. Désormais, ils ne seraient plus assez nombreux pour poursuivre la stratégie de Radah et la ruse serait leur seule alliée…

CHAPITRE VII

LE DERNIER REMPART

Ekléanos quitta le champ de bataille dévasté et se dirigea vers Fortgund. Des soldats impériaux l'avaient informé que ses congénères s'y étaient rendus afin de refaire le plein de provisions. Ekléanos traversa donc la plaine qui le séparait de la ville et se retrouva devant les portes de la cité. Celles-ci étaient grandes ouvertes, et le Drakon put constater qu'elles n'avaient été que très légèrement endommagées. Ekléanos parcourut les rues de la ville et s'arrêta devant une auberge. Les derniers membres des Légendes étaient en train de charger des caisses et des tonneaux sur des charrettes. Ils avaient toujours l'air abattu. Le Drakon s'approcha et demanda à ses compagnons de le suivre dans la taverne. Il n'y avait aucun client, à l'exception de quelques gardes de la ville qui semblaient soucieux d'oublier les horreurs qu'ils avaient vues pendant la bataille. Les quatre Drakons s'assirent à une table dans le fond de la pièce. Ekléanos entama le dialogue. « Mes amis, je suis triste de vous voir dans cet état. Moi aussi, je suis accablé par cette situation, mais nous devons nous reprendre en main, tout n'est pas encore fini. » Hiaalmar le regarda droit dans les yeux. « Ekléanos, après tout ce qui s'est passé, toutes ces vies que l'on a perdues, comment peux-tu avoir encore de l'espoir ? » L'interrogé réfléchit. « Je vais vous rappeler quelque chose : sachez que nous ne sommes pas les seuls à être désespérés. Tout le monde est dans cet état : l'Empereur, Sohort et même les Orques. Ils commencent tous à douter des fondements de cette guerre. Je crois qu'ils ne tarderont pas à craquer eux aussi.

- Comment peux-tu savoir cela, demanda Balkar intrigué.

Le Drakon redoutait que ses compagnons ne se moquent de lui, mais il décida tout de même de leur avouer ce qui s'était passé.

- Cela va sûrement vous paraître fou, mais je l'ai vu dans un rêve. Et avant que vous ne me posiez la question, oui, j'ai le sentiment fort que tout ce que j'ai vu était réel. Je ne saurais vous expliquer pourquoi, mais je le sais, c'est tout.

- Je ne tiens pas à remettre en cause ce que tu dis, mais même en admettant que les Orques et Sohort soient tout aussi accablés que nous, je ne vois pas en quoi cela pourrait avoir un quelconque impact sur l'issue de cette guerre. Ils sont en train de gagner, ils progressent, et d'ici peu de temps, ils finiront par remporter la victoire, ajouta Fakios avec amertume.

- Justement, nous sommes des Drakons par Délia ! Vous préférez rester dans cette taverne jusqu'à la fin de vos jours, en attendant que les Orques mettent à feu et à sang tout Moridwor, ou bien sortir et aller vous battre pour sauver notre pays. Ils nous sont peut-être supérieurs en nombre, mais rappelez-vous que nos prédécesseurs étaient dans la même situation lorsqu'ils ont affronté les Dragons. Pourtant ils n'ont pas abandonné pour autant, ils se sont battus jusqu'au bout et ils ont fini par remporter la victoire. Une bataille n'est jamais perdue d'avance, et ce n'est pas en vous morfondant sur votre sort que nous allons vaincre les Orques. Je ne crois pas qu'à l'heure qu'il est, notre objectif soit de survivre à cette guerre, mais de faire en sorte que l'Arganon y survive. Personnellement, je compte sortir de cette taverne et continuer de donner du fil à retordre à ces peaux vertes. Hiaalmar, tu m'as dit il n'y a pas si longtemps que vous étiez prêts à me suivre, quelles que soient mes décisions. N'est-ce plus le cas aujourd'hui ?

Hiaalmar répondit.

- Tu sais très bien que si, mais je n'ai plus la force de me battre contre une force que nous ne pouvons vaincre. Il n'y a que les renforts des Nains et des Elfes qui pourront nous sauver, à présent.

Hiaalmar se leva alors, et se mit à parler haut, pour que tout le monde l'entende.

- Mais nous sommes des Drakons, et nous allons nous battre ! Pas pour cet Empire qui nous a abandonné alors que nous étions venus à son aide, mais pour tous nos frères qui sont morts de la main des Orques. Et je n'aurai de repos tant que la tête de Sohort ne sera pas plantée au bout d'une lance !

Il tendit la main à Fakios qui se leva, et à Balkar qui fit de même.

- Nous ne serons plus guidés par la victoire, mais par la vengeance, s'exclama Balkar. »

Ekléanos sourit, il avait réussi. Il avait redonné de l'espoir à ses hommes, peut-être pas l'espoir qu'il espérait mais un espoir de vengeance valait mieux qu'aucun espoir.

*
**

Les Légendes firent sortir la charrette qui transportait les vivres et entamèrent le chemin qui les mènerait jusqu'à leur nouveau campement improvisé, situé à l'extérieur de la ville. Ils distribuèrent des rations à tous les Drakons et s'installèrent près d'un feu. Ekléanos décida de commencer à élaborer une stratégie. « Désormais, nous sommes trop en sous nombre pour pouvoir appliquer la tactique de Radah. Il nous faut trouver un nouveau plan, non pas basé sur l'offensive, mais sur la ruse. Aussi je suis ouvert à toute suggestion. » Hiaalmar se leva soudainement et s'approcha de la charrette. Il en sortit un immense cerf, étonnamment blanc. « Mes amis, savez-vous ce qu'est cette bête ? » Balkar qui n'aimait pas vraiment les devinettes, leva les yeux au ciel. « C'est un cerf blanc, répondit-il. » Hiaalmar enchaina. « Tout juste, et savez-vous quelle est la particularité de ce cerf blanc ? » Les trois Drakons hochèrent la tête en signe de négation. « Mes amis, ce cerf blanc en plus d'être extrêmement rare, est le mets favori des Loup Garous. » Balkar l'interrompit. « Qu'est-ce que tu comptes faire avec ? L'offrir à une de ces bêtes pour qu'elle tombe amoureuse de toi ? » Les quatre Drakons rirent. « Laisse-le terminer Balkar, ordonna Ekléanos. » Hiaalmar, sourit. « Pour répondre à ta question : non je ne vais pas l'offrir à un Loup-Garou. En fait, c'est un appât courant, utilisé pour les chasser. Quand j'étais à l'auberge, j'ai vu que le tavernier en vendait et j'ai réfléchi à l'utilisation que nous pourrions en faire. J'ai réalisé qu'il serait très regrettable que quelqu'un en dispose un peu partout dans la forêt de Gund, afin que des Loups Garous attirés par les appâts, tombent nez à nez avec les Orques. » Les trois Drakons s'exclamèrent. « Ce serait regrettable en effet, lâcha Fakios.

- C'est une excellente idée, Hiaalmar. Donc tu voudrais en disposer un peu partout dans la forêt pour tendre un piège aux Orques ?

Hiaalmar acquiesça.

- En résumé oui.
- Et comme ils n'ont ni arbalètes, ni épées en argent… intervint Balkar.
- Tout juste, répondit le chef des Drakons.

Ekléanos fouilla dans ses affaires pour en sortir une bourse contenant des pièces d'or.

- Combien faudrait-il de cerfs blancs, pour espérer attirer un maximum de Loups Garous ?

Hiaalmar réfléchit.

- Je pense qu'avec cinq cerfs blancs nous pouvons espérer en attirer au moins une trentaine.

Ekléanos s'exclama.

- Parfait, allez sur le champ en acheter d'autres et ramenez les ici.
- Oui chef, répondirent les trois Drakons. »

Hiaalmar suivi par Fakios et Balkar, se dirigea à nouveau vers les portes de la ville. Pendant ce temps, Ekléanos s'imagina les soldats de Sohort, attaqués en pleine nuit par une trentaine de créatures sauvages. Il ne put s'empêcher de sourire. C'était une belle manière de se venger, des Orques comme des Loups Garous…

*
**

Quelques minutes après leur départ, les trois Drakons regagnèrent le camp en poussant devant eux une immense charrette sur laquelle étaient entassés les cerfs blancs. La forêt de Gund n'était qu'à une cinquantaine de kilomètres de Fortgund. Les membres des Légendes qui semblaient avoir retrouvé leur enthousiasme, étaient assez pressés de partir. Ils décidèrent donc de lever le camp et de se diriger au plus vite vers la forêt. Ils n'avaient pas une seconde à perdre mais avant de s'en aller, ils décidèrent d'aller faire leurs adieux au Commandant Marxos, ainsi qu'aux autres soldats de la Rmark-Empra. Les concernés se trouvaient debout, autour d'une table. Ils semblaient débattre de la route la plus rapide à emprunter. Ekléanos s'approcha de Marxos, la main tendue. « Messieurs, nous autres les

176

Drakons allons lever le camp et nous diriger vers la forêt, je tenais donc à vous faire mes adieux. » Marxos lui serra la main « Vous partez déjà ? Nous allons également nous préparer au départ, nous comptons longer la frontière Naine puis remonter vers Anariene…

- Ce n'est pas le chemin le plus rapide, intervint le Commandant Sendor.
- Mais Marxos, à raison c'est le plus sûr.

Balkar ricana.

- En tout cas, je vous conseille de ne pas passer par la forêt dans les jours qui viennent si vous ne voulez pas affronter de Loups Garous.
- Ah, vraiment, prononça Marxos en haussant un sourcil.

Ekléanos sourit.

- Oui, Hiaalmar a eu l'idée d'utiliser les Loups Garous pour se débarrasser des Orques. Je suis désolé mais nous sommes un peu pressés : nous devons partir sur le champ.

Marxos acquiesça. Il avait un air à la fois sévère et compatissant. En son for intérieur, il aurait désiré aider les Drakons mais son destin l'appelait ailleurs.

- Sachez Drakons que nous sommes de tout cœur avec vous, et que les sacrifices que vous avez faits et que vous vous apprêtez à faire ne seront jamais oubliés. Sur ce, je vous souhaite bon courage et que Délia vous protège ! »

Les Drakons le remercièrent et lui rendirent la pareille. Puis, ils se dirigèrent vers leur campement, où la charrette transportant les cerfs blancs et les Drakons les attendait. Ils se mirent immédiatement en route vers la forêt.

*
**

Après deux heures de chevauchée, les Drakons atteignirent la lisière de la forêt. Ce n'est pas sans une certaine appréhension qu'ils pénétrèrent à l'intérieur. Hiaalmar souhaitait se rapprocher un maximum du cœur de la forêt afin de permettre aux Loups Garous d'encercler les Orques. La plupart des Drakons pensèrent à ceux de leur Ordre qui étaient morts dans cette forêt. Ils se réjouissaient à l'avance du sort qu'ils réservaient aux Orques. Ceux-ci ne connaissaient pas l'Arganon ainsi que les créatures qui l'habitaient. La surprise serait donc grande pour eux lorsqu'ils rencontreraient les monstres mi-homme mi- loup et cela, Ekléanos s'en réjouit. Arrivés au centre de la forêt, les Drakons établirent un campement provisoire. Puis, Hiaalmar aidé par quelques guerriers, partit déposer les cadavres de cerfs blancs aux quatre coins de la forêt. Ils revinrent quelques minutes plus tard. Ekléanos, Fakios et Balkar qui s'inquiétaient de ne pas le voir revenir furent soulagés. Hiaalmar se joignit à ses compagnons qui étaient en train de manger « Alors, tout est bien en place, demanda Ekléanos. » Hiaalmar acquiesça. « Oui chef. Nous avons allumé cinq feux de camps et avons mis les cerfs blancs à cuire pour que l'odeur puisse mieux se dissiper.

- Donc les Loups Garous ne devraient pas tarder, demanda Balkar.
- Tout dépend. Nous ignorons s'il y a encore des Loups Garous dans cette forêt, auquel cas nous ne tarderons pas à le savoir. Il faut seulement espérer que s'il y en a dans la région, ils soient attirés par l'odeur des appâts. Dans tous les cas, nous avons suffisamment de temps pour sortir de la forêt.

Ekléanos tout en mangeant, hocha la tête.

- Je ne remets pas tes connaissances en question Hiaalmar mais dans le doute, je préférerais que l'on parte dès maintenant. Prenez le temps de manger, d'ici quelques minutes nous reprendrons notre route.
- Entendu, s'exclamèrent les trois Légendes. »

Les Drakons avaient eu la chance de faire le plein de nourriture à Fortgund. Ils purent donc déguster un délicieux repas. Hiaalmar commença à manger. Il prit un peu de salades qu'il accompagna avec des olives puis il continua son repas avec une tarte aux fruits rouges et l'acheva avec une pomme. Une fois que tous les Drakons eurent l'estomac bien rempli, ils remontèrent sur leurs chevaux en direction de Vertforêt.

*
**

Ekléanos avait du mal à rester éveillé, il n'avait pas dormi correctement depuis deux jours. La fatigue commençait à se faire ressentir, mais le chef des Drakons se dit qu'il laisserait ses hommes se reposer une fois qu'ils seraient arrivés de l'autre côté de la forêt. Ekléanos regretta presque de ne pas pouvoir assister lui-même au combat entre les Orques et les Loups Garous. Malheureusement pour lui, rester sur place aurait été bien trop risqué et il le savait. Comme il n'avait rien à faire et que personne ne parlait, il lui était extrêmement difficile de rester éveillé mais le Drakon tint bon et après deux heures et demie de lutte contre le sommeil, Ekléanos fut soulagé. Il pouvait distinguer droit devant lui, les rayons du soleil éclairant pleinement la route. Le convoi avait atteint l'orée de la forêt.

*
**

Les Drakons à la fois soulagés d'avoir atteint leur destination mais aussi inquiets de la réussite du piège de Hiaalmar, installèrent leur campement avec une certaine appréhension. La plupart se demandait combien de temps mettraient les Orques à traverser la forêt et si les Loups Garous allaient arriver à temps. Les Légendes eurent vent de ce sentiment d'inquiétude qui hantait tout le camp. Ils tentèrent de rassurer les plus inquiets, en vain, car les Drakons avaient beau être extrêmement courageux, ils n'étaient pas dupes. La mission qui leur avait été confiée allait sûrement tous les mener à la mort. Ils étaient prêts à mourir pour leur pays mais cela ne les empêchait pas d'appréhender le combat final qui les attendait. C'était un combat perdu d'avance et ils le savaient tous, c'est pour cela que pour la première fois, les Drakons en partant se battre, ne feraient pas preuve de courage mais de sacrifice. Avec un peu de chance, se disaient certains, les renforts auraient le temps d'arriver avant que l'armée de Sohort ne frappe Anariene. Car si la capitale venait à tomber aux mains de Sohort c'est l'espoir des Arganiens tout entier qui s'effondrerait avec elle. Anariene était un symbole, un symbole d'espoir qu'il fallait maintenir pour que les soldats impériaux continuent à avoir foi. Ekléanos espérait secrètement qu'il ne sacrifierait pas son Ordre pour rien. Il plaçait désormais toute son espérance en les Nains et les Elfes. En fait, il ne manquait plus que leur arrivée pour permettre à la Rmark-Empra de triompher de ses adversaires. Alors Ekléanos continua d'attendre que l'armée de Sohort arrive, et même s'il n'était pas de nature pessimiste, que la mort vienne le prendre. Il en avait assez de cette guerre, de ces batailles et de ces morts…

*
**

Le soleil se couchait et Ekléanos avait attendu toute la journée que les Orques sortent de la forêt. Pourtant, il ne semblait y avoir aucune trace de leur arrivée. Le campement était situé à un peu plus de trois cents mètres des arbres. Ekléanos avait positionné sa tente sur un monticule. Cet emplacement offrait une vue parfaite sur la forêt de Gund. Le Drakon debout, les yeux attentifs au moindre signe de mouvement, observait la forêt d'un œil inquiet. Soudain, un cri le fit sursauter. C'était Balkar qui l'appelait. « Ekléanos, viens, on va prendre le souper ! » L'interpellé se tourna, son ami se trouvait juste un peu plus bas et lui faisait des signes de main. « J'arrive Balkar, répondit-il, j'arrive… » Le Drakon descendit et se dirigea vers le feu de camp. Les trois membres des Légendes étaient assis autour du brasier. Ils étaient en train de manger des cuisses de poulet et de boire un bouillon de légumes. Fakios frissonna « Ça fait du bien de boire quelque chose de chaud, il se tourna vers le chef des Drakons, tiens on t'en a gardé un bol. » Ekléanos remercia les Légendes et s'assit à côté de Hiaalmar. Celui-ci le regardait d'un œil inquiet. « Tu sais, lorsque les Orques arriveront, nous les entendrons venir. Tu es resté cinq heures, là-haut à observer la forêt. Tu ne devrais pas rester tout seul, là-bas. Et puis si mon piège a fonctionné les Orques doivent être en train de passer un sale quart d'heure. » Ekléanos hocha la tête, tout en avalant une gorgée de soupe. Elle lui brula la gorge mais il ne s'en plaignit pas. Il commençait vraiment à faire très froid. Cela était d'autant plus étonnant que le mois de mars venait de débuter. Mais les Drakons s'en réjouirent : les Orques avaient l'habitude de vivre dans des terres au climat sec et aride. Le climat actuel allait probablement les déstabiliser. Les Drakons continuèrent de manger, presque personne ne parlait. Et, lorsque tous eurent fini, ils décidèrent d'aller immédiatement se coucher, non sans laisser un tour de garde afin de prévenir de toute attaque des Orques. Ekléanos partit s'installer dans sa tente. Il glissa sous son matelas une bouilloire pour réchauffer sa couverture. Son lit était positionné sur la largeur de telle sorte que le Drakon avait une vue sur l'entrée de la tente lorsqu'il s'allongeait. Il laissa l'entrée entrouverte, afin d'observer la forêt et laissa ses armes à portée de mains. Il était huit heures lorsque le Drakon s'endormit.

*
**

Réveillé par un bruit soudain, le Drakon ouvrit les yeux. Il faisait nuit, et il n'y avait toujours aucun signe des Orques. Le vent soufflait très fort et le Drakon eut l'impression de se trouver dans les montagnes. Il neigeait, Ekléanos eut du mal à le croire. Il se frotta les yeux pour vérifier que ce n'était pas sa vue qui lui jouait des tours, mais non, il neigeait bel et bien, alors que le mois de février touchait à sa fin. Il ne sut dire si cela était un signe ou pas. Au fond de lui il espérait que c'en était un. Il repartit se coucher, sans pouvoir expliquer cet étrange phénomène météorologique.

*
**

Le Drakon entrouvrit les yeux. Il était six heures du matin et le soleil n'était pas encore levé. Ekléanos sortit de sa tente et se dirigea vers le centre du camp, où se trouvait le feu de bois. Certains Drakons étaient déjà levés mais il n'aperçut pas Hiaalmar, Balkar et Fakios. Il interrogea un Drakon pour savoir s'ils dormaient encore. « Je crois que Balkar et Fakios sont réveillés mais ils sont partis du côté de la forêt pour voir si tout se passe bien. Et

Hiaalmar doit dormir, il est rentré tard hier. » Ekléanos fut surpris : Hiaalmar n'était donc pas parti se coucher après le souper. Mais où était-il donc allé ? Ekléanos s'interrogea longtemps avant de demander « Tu l'as vu rentrer hier ? » Le Drakon réfléchit et finit par répondre que non mais un autre guerrier qui avait suivi la conversation intervint « Moi je l'ai vu rentrer, ça devait être à peu près minuit. Il était parti dans la forêt avec deux hommes pour vérifier je ne sais quoi. » Ekléanos se leva et se précipita vers la tente de Hiaalmar. Celle-ci était positionnée à une dizaine de mètres de la sienne. Il entra, Hiaalmar était en train de dormir. Ekléanos ne voulut pas le réveiller alors il décida d'attendre qu'il se lève, il s'assit plaça une chaise devant l'entrée et partit chercher son petit déjeuner.

*
**

Hiaalmar ouvrit les yeux. Il aperçut immédiatement son chef, assis dans l'entrée en train de l'observer. « Pourquoi es-tu sorti hier ? Qu'es-tu allé faire dans la forêt ? » Hiaalmar se leva lentement et s'assit sur son lit.

- J'étais allé vérifier que mon piège avait bien fonctionné.

Ekléanos leva les yeux au ciel.

- Mais tu es fou Hiaalmar ! Et que ce serait-il passé si les Orques t'avaient capturé ou que les Loups Garous t'avaient attaqué, tu serais mort seul dans cette forêt ?

Hiaalmar avait les larmes aux yeux.

- Je suis désolé, mais je ne pouvais pas m'endormir en sachant que notre victoire dépendait de mon plan. Je ne pouvais pas attendre sans savoir si j'avais réussi. Je ne *voulais* pas échouer, non, je ne *pouvais* pas échouer ! C'était trop dur de rester dans l'attente, sans pouvoir rien faire ! Alors je suis parti mais deux hommes ont tenu à m'accompagner, j'ai tenté de les dissuader mais ils n'ont rien voulu entendre.

Ekléanos se leva et pris Hiaalmar dans ses bras.

- Ce ne rien, mon ami. Je me suis inquiété quand j'ai appris que tu étais parti, j'ai pensé au pire. Je ne voulais pas perdre un ami de plus.

Hiaalmar sourit.

- Je sais, je suis désolé, je n'ai pas pu m'en empêcher. Tu ne veux pas savoir comment ça s'est passé ?

Ekléanos s'assit sur le lit.

- Si bien sûr que je veux savoir !
- C'est une réussite totale, ça a été un véritable carnage. Nous sommes arrivés au cœur de la forêt et nous sommes montés au sommet d'un arbre pour ne pas être repérés. Nous avons bien fait car les Loups Garous étaient là. Juste à nos pieds, nous les avons aperçus. Ils étaient une quarantaine. Leur odorat était brouillé par l'odeur du cerf blanc, mais lorsqu'ils ont aperçu les Orques qui s'approchaient, ils ont foncé droit sur eux. Le combat a duré plus d'une heure. Leurs pertes étaient énormes. Évidemment je n'ai pas pu toutes les compter, mais de ce que j'ai pu voir, au moins plusieurs centaines d'Orques sont morts. Comme je te l'ai dit j'étais en haut d'un arbre et mon

champ de vision était assez limité, je ne peux donc pas t'assurer que ce nombre soit exact. Au bout d'une heure donc, les Kodrug sont intervenus. Les Loups Garous avaient beau leur donner de puissants coups de pattes, ils ne bronchaient pas. Ils s'y sont mis à plusieurs sur un seul et ils ont fini par le tuer. Alors les autres Loups Garous se sont énervés. De ce que j'ai vu, aucun Kodrug n'est mort. Il leur a fallu plus d'une heure pour parvenir à tous les vaincre. Lorsque le combat s'est fini, ils se sont repliés en arrière de peur que d'autres n'arrivent, alors on en a profité pour descendre de l'arbre et rentrer au campement en courant. »

Ekléanos avait le sourire jusqu'aux lèvres. Il était impatient d'annoncer la nouvelle à ses hommes. Pour l'heure, il attendit que Hiaalmar s'habille et l'accompagna prendre son petit déjeuner.

*
**

Le soleil était maintenant levé. Les Drakons pouvaient apercevoir distinctement la lisière de la forêt. Ekléanos, précédé par Hiaalmar, se dirigea

189

vers le centre du camp, là où les hommes avaient l'habitude de prendre leur repas. Le feu, toujours allumé, était entouré par une dizaine de Drakons. Certains avaient fini de manger mais ils continuaient à discuter avec leurs camarades. Hiaalmar se dirigea vers la tente dans laquelle étaient entreposés les coffres à couverts. À la seconde où il en ressortit, des cris se firent entendre et presque aussitôt résonna un cor. Les guetteurs Drakons étaient en train de sonner l'alerte : cela signifiait que les Orques ne devaient plus être très loin. Tous les guerriers assis autour du feu se levèrent immédiatement et se précipitèrent en direction de la forêt. Ekléanos et Hiaalmar firent de même, sans savoir où se trouvait leurs amis Balkar et Fakios. Les deux Légendes arrivèrent à une centaine de mètres de la forêt. Ils eurent la surprise de constater que les Kodrug ouvraient la marche. Un nouveau commandant semblait avoir pris la tête de l'armée. Les Orques s'arrêtèrent mais le commandant Kodrug continua d'avancer de quelques mètres comme pour se distinguer du reste des soldats. Il s'apprêtait à parler. Ekléanos fit signe à ses hommes de se taire. « Chers Drakons, je suis surpris de vous trouver ici. Je pensais que vous aviez fui avec l'armée impériale. Vous êtes courageux d'oser vous dresser entre Anariene et moi » Le chef des Drakons comprit alors que Sohort s'adressait à eux par l'intermédiaire du Kodrug. « Mais je me doute que vous ne devez pas être très enthousiastes à l'idée de vous battre. Aussi je suis prêt à vous faire une proposition. Si vous vous rendez et déposez les armes, les Orques et les Kodrug vous laisseront partir. Mais si vous refusez de vous rendre, alors… » Tous les Kodrug rirent. Le commandant termina la phrase de Sohort en Arganien. « … *neus salaka er morcis*[5] ! » Ekléanos s'avança à son tour et hurla « Jamais nous ne nous rendrons ! » Cette fois c'est Sohort qui rit « Je pensais que vous seriez assez intelligent pour faire le bon choix, mais tant pis. Vous allez mourir ici. Cette plaine sera votre cimetière à tous. » Puis Sohort disparut du corps du Kodrug. Celui-ci fit un mouvement de tête pour ordonner aux troupes d'avancer. Les Orques, devancés par les Kodrug se mirent en marche. Les Drakons dégainèrent leurs épées et dressèrent leurs boucliers. Ekléanos fonça droit devant lui et partit directement au contact du commandant Kodrug.

---

5. Nous vous réduirons en charpies !

Le chef des Drakons depuis une dizaine de minutes se battait corps et âme contre le commandant. Celui-ci était très agile et esquivait pratiquement tous ses coups. Ekléanos avait réussi à trois reprises à le toucher au flanc mais cela n'avait pas eu l'air de l'affecter grandement. Le Kodrug maniait une hache à deux mains. Il tenta de l'abattre sur Ekléanos mais celui-ci contra le coup à l'aide de son bouclier. Il contre-attaqua à l'aide de son épée mais le Kodrug fit un pas en arrière. Cette contre-attaque rendit Ekléanos vulnérable à une attaque sur son côté gauche. Il s'en rendit vite compte et s'empressa de se protéger à l'aide de son bouclier. Pendant ce temps, l'armée Orque se déversait tout autour de lui, en direction du campement des Drakons. Ekléanos courut en direction du commandant Kodrug. Au dernier moment, il se jeta à terre et glissa. La longueur de la hache, empêcha le Kodrug de riposter. Le Drakon en profita pour lui asséner un coup à la jambe. Le Kodrug se retrouva donc de dos. Ekléanos abattit son épée, le plus fort qu'il put, sur la nuque du Kodrug. Celui-ci s'écroula au sol à genoux. Il n'eut même pas le temps de se relever que le Drakon fit pivoter son épée et le décapita. Aussitôt le chef des Drakons se mit à courir le plus loin qu'il put. Encore une fois comme à Fortgund, on put entendre le cri d'un vieillard, et apercevoir une vive lumière rouge. Ekléanos en était sûr maintenant : chaque Kodrug qu'ils tuaient affaiblissait grandement Sohort. Enfin, une déflagration se produisit. Les Orques qui n'avaient prêté aucune attention à leur commandant Kodrug, tombé au combat, continuaient de traverser la plaine de part en part. Certains furent atteints par l'explosion, propulsés contre le sol et se brisèrent la nuque, d'autres furent simplement jetés à terre. Ekléanos profita de cette distraction pour se replier vers le campement. De nombreux Drakons étaient en train de le défendre, mais ils étaient encerclés de tous les côtés par les Orques. Ekléanos ne voyait aucune échappatoire. Soudain, il eut une idée. Les soldats de Sohort étaient extrêmement nombreux, trop nombreux pour pouvoir avancer de manière fluide dans une forêt, tandis que les Drakons, eux, n'étaient pas plus de deux cents. Ekléanos se douta qu'il leur serait plus facile de fuir en passant par la forêt. Alors, le Drakon se précipita vers le campement à la recherche de Balkar, Fakios et de

Hiaalmar qu'il avait perdus de vue dès le début des hostilités. Il finit, après plusieurs minutes passées à tuer tous les Orques qui se dressaient en travers de sa route, par trouver ses camarades. Ils étaient regroupés, au centre du camp, près du brasier autour duquel ils avaient mangé il n'y a pas si longtemps. Ces derniers étaient en train de déplacer des tonneaux de vin et d'alcool, vers le feu de camp. Ekléanos comprit aussitôt leur tactique et couvrit ses camarades le temps de mettre les tonneaux en place. Balkar acheva le piège, en reliant le feu de camp à de l'eau de vie qu'il fit couler en ligne jusqu'à être suffisamment loin pour pouvoir y mettre le feu. Il saisit une bûche enflammée que Fakios lui tendit et la déposa sur le filet d'eau de vie. Le feu mit quelques secondes avant de se propager. Les quatre membres des Légendes se précipitèrent alors vers l'extérieur du camp, en criant aux Drakons de ne pas rester sur place. Tous les guerriers obéirent et bientôt, les rescapés furent regroupés. Ekléanos aperçut alors une immense explosion au niveau du camp. Plus d'une centaine d'Orques furent tués, et des débris des bois mélangés à la chair furent propulsés dans les airs. Les Orques en train de bruler hurlaient à la mort. Les Drakons eurent également le plaisir de constater que des Kodrug avaient aussi été victimes de leur piège. Ainsi, trois déflagrations se firent entendre. Les Légendes avaient réussi à semer le chaos dans tout le campement mais tous les Drakons furent rapidement rattrapés par les Orques. Ces derniers, ayant compris que leurs adversaires cherchaient à fuir, se dressèrent entre eux et la forêt.

*
**

Les Drakons avaient beau lutter, jamais ils ne parviendraient à s'échapper. Ils n'étaient ni assez nombreux ni assez forts pour lutter contre de telles forces. Ekléanos et Hiaalmar avaient de nouveau été séparés de leurs compagnons Balkar et Fakios. Désormais, le chef des Drakons n'avait plus aucun espoir. Il ne voulait pas mourir mais il ne pouvait rien faire pour l'éviter.

Après quarante minutes de combat acharné, Ekléanos fut horrifié en constatant que Hiaalmar avait disparu. Il eut beau chercher tout autour de lui, il ne put l'apercevoir. Il pensa alors au pire. Serait-il possible qu'il soit le dernier membre des Légendes ?

*
**

C'en était fini. Ekléanos était épuisé. Il n'avait même plus la force de se battre. Soudain, un Orque abattit son épée dans son dos. Le Drakon s'écroula alors. Allongé par terre, il sentait que la mort était en train de le prendre. Il ferma les yeux, le brouhaha de la bataille résonnait dans ses oreilles. Bientôt, il ne fut plus qu'un lointain écho. Tout devint soudain noir et le corps du Drakon s'endormit profondément…

À suivre…